LA TRAQUE

Né en 1911 à Moscou, Henri Troyat s'est éteint en 2007 en France, où il vivait depuis 1920. Profondément marqué par les récits de ses parents sur la Russie d'avant 1917 et par son enfance de Russe blanc, il a écrit plus d'une centaine de livres (*Aliocha*, *Le Fils du satrape*, *Namouna ou la Chaleur animale*...), dont de grandes sagas romanesques (*Les Semailles et les Moissons*, *La Lumière des justes*...). En 1938, il obtient le prix Goncourt pour *L'Araigne*. Il est également le biographe d'écrivains russes – Dostoïevski, Pouchkine, Tolstoï... – et français – Baudelaire, Flaubert, Maupassant, Zola. Son dernier roman, *La Traque*, est paru en 2006 (Grasset) ; sa dernière biographie est consacrée à Boris Pasternak (Grasset, 2006).

Paru dans Le Livre de Poche :

ALEXANDRE DUMAS

ALEXANDRE III, LE TSAR DES NEIGES

LA BARONNE ET LE MUSICIEN

L'ÉTAGE DES BOUFFONS

L'ÉTERNEL CONTRETEMPS

LA FIANCÉE DE L'OGRE

LA FILLE DE L'ÉCRIVAIN

LE FILS DU SATRAPE

MARINA TSVETAEVA

PAUL IER, LE TSAR MAL AIMÉ

LES TURBULENCES D'UNE GRANDE FAMILLE

ZOLA

HENRI TROYAT

La Traque

ROMAN

GRASSET

ISBN : 978-2-253-11973-9 – 1re publication LGF

Avant-propos

Deux des héros de ce roman ont réellement existé. D'une part Pouchkine, tué en duel depuis plus de trente-deux ans au moment où commence mon récit, et dont seul le souvenir sera évoqué. D'autre part son adversaire sur le terrain, le baron Georges de Heeckeren d'Anthès, bien vivant, lui, longtemps après le drame. Tout le reste est pure invention de ma part. Mais la brutale disparition du plus grand poète russe de l'époque a si fortement ébranlé les esprits dans son pays que le rêve fou de mon jeune justicier a dû être celui de quelques-uns de ses compatriotes.

H.T.

I

La plupart des tourments dont je souffre aujourd'hui m'auraient été épargnés si j'avais fait mes études ailleurs qu'au lycée de Tsarskoïe Selo. Près d'un demi-siècle avant moi, notre grand Alexandre Pouchkine avait été élevé dans cet établissement prestigieux de la Russie impériale. Son souvenir magique et sanglant veillait en chacun de nous, ses condisciples posthumes. Nous étions fiers de vivre entre ces murs où s'était écoulée sa jeunesse, de nous promener dans le parc où il avait flâné lui-même en composant ses premiers vers, de respirer l'air qui avait empli ses poumons alors qu'il souriait encore à l'avenir. Nous apprenions par cœur, avec dévotion, ses moindres poèmes et nous abhorrions l'homme qui l'avait tué en duel, à l'âge de trente-sept ans, pour une stupide histoire de marivaudage mondain. Toutes les péripéties du drame nous étaient connues : la légèreté de la femme du poète, la très jolie et très sotte Nathalie, les galanteries déplacées de ce chevalier-garde d'origine française, Georges de Heeckeren d'Anthès, qui s'amusait à la courtiser ouvertement, les louches manœuvres du père adoptif de d'Anthès, le baron de Heeckeren, ambassadeur des Pays-Bas en Russie, les lettres anonymes infamantes qui circulaient dans Saint-Pétersbourg sur la prétendue infortune conjugale de Pouchkine, la fureur démente de celui-ci, la dérobade du gandin, lequel, pour se laver de tout soupçon, épousait, in extremis, Catherine, la propre sœur de Nathalie, mais n'en continuait pas moins à poursuivre cette dernière, en public, de ses assiduités, le scandale enfin, la rencontre sur le terrain, le coup de feu fatal, la stupeur indignée de la Russie, la dégradation et l'expulsion de d'Anthès hors des frontières...

Quand je quittai le lycée, en juin 1869, il y avait trente-deux ans que Pouchkine était tombé sous la balle de d'Anthès. Mais pour moi, pour nous tous, les pensionnaires de Tsarskoïe Selo, c'était hier. Pouchkine représentait à nos yeux notre ancien, notre ami intime, notre idole, et c'était la main d'un Français, admis par faveur à servir dans l'armée russe, qui avait tranché net cette si belle et si noble vie. Aucune mort, fût-ce celle d'un proche, ne nous paraissait plus difficile à accepter que celle-ci. Je me rappelle qu'au lycée nous marchions sur la pointe des pieds en passant devant la porte de la chambre numéro 14, qui avait été la sienne autrefois. Certes nous savions que c'était le jeune et insignifiant Morozoff qui y couchait maintenant. Mais elle était hantée par le fantôme de l'autre. Dans son for intérieur chacun d'entre nous enviait l'actuel occupant, qui ne méritait pas cette chance.

De tous côtés, à présent, on publiait des hommages à Pouchkine, des souvenirs sur Pouchkine, des exégèses de l'œuvre de Pouchkine... La Russie entière était veuve. Néanmoins personne ne ressentait cette perte aussi cruellement que nous. Frais émoulus d'une école où nous n'avions rencontré que son ombre, nous nous considérions comme ses éternels obligés.

Après nos examens de sortie, dont je me tirai tant bien que mal, je fus affecté, par protection, au ministère des Affaires étrangères, avec le grade de secrétaire de collège. Il s'agissait d'une nomination en quelque sorte théorique, comme c'était souvent le cas, à l'époque, pour les jeunes gens de bonne famille. Au vrai, je ne me présentais au bureau qu'un jour sur deux. Puis je demandai un congé pour raisons de santé, qui me fut accordé sans discussion. J'étais d'ailleurs quelque peu souffrant de la poitrine. Une toux suspecte me prenait régulièrement à mon réveil. Mais je ne crachais pas le sang. Ce qui était bon signe pour la suite. Ma mère n'en était pas moins inquiète. Partie au début de juillet 1869 pour visiter la France, elle écourta son séjour à Paris et revint en hâte parce que notre médecin, le bon docteur Goldman, l'avait avertie que je souffrais d'une petite bronchite.

Quand elle reparut à Saint-Pétersbourg, j'étais parfaitement rétabli, mais elle continua de me trouver mauvaise mine. Elle était nerveuse et voyait partout des symptômes néfastes. Il est vrai que le destin ne l'avait pas ménagée. Elle avait perdu ma sœur cadette, Irène, emportée, à l'âge de quinze ans, par la phtisie. Et mon père était mort, peu après, d'une attaque d'apoplexie, alors qu'il montait son cheval favori au manège Michel. A son retour de Paris, elle me palpa avec anxiété. J'étais plutôt maigrelet en ce temps-là. Grand, efflanqué, le teint pâle, la joue creuse, l'œil ardent, je ressemblais, au dire d'Agafia, mon ancienne nourrice, à « un revenant mal nourri ». Ma mère soupirait : « Mon Dieu ! tu ne t'es guère remplumé en mon absence ! Il faut manger davantage, Sacha [1] : des laitages, de la bonne viande rouge... » Je lui répliquai qu'elle-même ne pesait pas plus qu'un duvet de cygne et que cela ne l'empêchait pas d'être très séduisante. Cette remarque la fit

1. Diminutif d'Alexandre, en Russie.

rire. Elle minaudait avec moi, non comme devant un fils, mais comme devant un cavalier, au bal.

Nous dinâmes tête à tête. A la fin du repas, elle fit servir du champagne. Elle disait en avoir pris le goût à Paris. En sortant de table, je la priai de me raconter ses impressions de voyage. Après quelques propos frivoles sur la mode parisienne et le dernier spectacle du théâtre des Variétés, elle proféra d'un ton à la fois triomphal et mystérieux :

— Devine qui j'ai rencontré là-bas, à un raout chez la comtesse de Castelbrun ?

Et, comme je demeurais indifférent, elle s'exclama :

— Le baron Georges de Heeckeren d'Anthès !

Je vacillai presque sous le choc :

— Le meurtrier de Pouchkine ?

— Lui-même !

— J'espère que tu n'as pas répondu à son salut !

— Pourquoi ?...

— Enfin, maman... Songe que la main qu'il te tendait a tenu le pistolet avec lequel...

Elle me coupa la parole :

— Il y a trente-deux ans de cela !

— Le temps passé ne compte pas dans une affaire aussi grave !

Elle semblait interloquée. Son menton tremblait. Ses paupières frémissaient. J'insistai :

— Je ne te comprends pas, maman ! Tu sais

que la Russie entière pleure la mort de Pouchkine et tu vas faire l'aimable devant l'homme qui nous a privés de notre gloire nationale !

— Je n'ai pas fait l'aimable, Sacha ! J'ai été correcte, sans plus...

— Mais tu lui as tendu la main, tu lui as souri, tu lui as parlé, sans doute...

— Bien sûr !... Enfin, un peu... Des propos de salon... C'est un personnage si important !... Un baron... Un sénateur d'Empire... Il connaît tous les ministres... Il a l'oreille de l'empereur... Sa fortune est, paraît-il, immense !...

— Bref, cela lui a porté bonheur d'avoir tué Pouchkine ! observai-je avec une moquerie vindicative.

— Cesse donc d'ironiser, alors que n'importe qui aurait agi de même à ma place ! Je t'assure qu'à Paris cet homme jouit d'une grande considération. Dans la bonne société, tout le monde connaît Georges de Heeckeren d'Anthès, alors que personne ne connaît Pouchkine ! Si je lui avais tourné le dos quand on me le présentait, j'aurais provoqué un scandale !

— Un scandale dont j'aurais été fier !

— Mais pas moi ! Je suis une femme, Sacha ! Ces histoires d'hommes me dépassent !

Après un court silence, elle ajouta, les yeux baissés :

— Tu m'en veux ?

— Oui, maman !

Elle était au bord des larmes. Une fillette prise en faute. Je l'avais déjà vue ainsi lorsque mon père lui reprochait quelque étourderie. La mort de son mari n'avait pas mûri son caractère. Toujours aussi charmante et irresponsable ! Je ne pouvais supporter ce visage fané, ces paupières rougies, ces lèvres molles et boudeuses. Je la consolai :

— N'y pense plus !...

Et j'essayai de ne plus y penser moi-même. Mais j'étais atteint plus profondément que je ne le croyais. Le soir, avant de me coucher, je me regardai dans une glace. J'avais des yeux de fou. L'idée que l'assassin de Pouchkine était au sommet de la prospérité et des honneurs me brûlait le sang. Je ne dormis pas de la nuit.

Le lendemain, je dus m'imposer un grand effort pour ne pas reprendre la discussion de la veille avec ma mère. Bavarde et futile, elle avait déjà oublié notre différend et s'affairait dans la maison, tout heureuse d'avoir retrouvé ses habitudes russes. Elle n'avait pas changé. Moi si. Du tout au tout. La pensée de la rencontre de ma mère avec d'Anthès me poursuivait comme le souvenir d'un cauchemar.

Le dimanche suivant était un grand jour. Mes anciens camarades de classe et moi-même avions décidé de fêter par un banquet notre récente promotion après six ans d'études au lycée de Tsarskoïe Selo. Nous nous réunîmes à quinze, en salon particulier, dans un restaurant élégant au bord de la Moïka. Le repas fut marqué par un échange de souvenirs scolaires qui nous faisaient rire à gorge déployée. Gorelkine, qui avait toujours été le boute-en-train de la bande, imita si bien les bégaiements et les tics de notre professeur de droit, Klementieff, que je crus voir cet éminent juriste, au faciès de singe, festoyant parmi nous. Zorine récita des vers comiques de sa composition aux allusions graveleuses, qui furent eux aussi fort applaudis. Fuchs raconta des anecdotes salées. Nous étions très libres dans nos propos sur les femmes. Certains d'entre nous avaient déjà une maîtresse, danseuse du corps de ballet ou fille de mauvaise vie. Moi pas. A dix-neuf ans, j'étais vierge. Aucune aventure sentimentale, si ce n'est une pâle intrigue, faite de sourires, de chuchotements et de pressions de main, avec ma cousine Valérie Smirnoff. On parlait même, dans la famille, d'un mariage possible, pour plus tard. Les situations sociales, les fortunes, tout était en rapport. Mais Valérie ne me plaisait pas. Blonde, fade et transparente, elle avait l'air d'une plante privée d'eau. En outre, elle avait la poitrine tristement plate. Je rêvais d'une liaison tempétueuse avec une chanteuse de cabaret, comme cette Tzigane dont Zorine prétendait disputer les faveurs à un général d'infanterie. Peut-être mentait-il ? En tout cas, il donnait des détails affriolants sur ses nuits avec la bougresse. En l'écoutant, nous avions l'eau à la bouche et les joues en feu. Puis nous nous lassâmes de cette énumération de prouesses amoureuses, les visages devinrent graves et, d'un commun accord, nous bûmes à la santé, dans l'autre monde, de l'immortel Pouchkine.

Ce fut alors que je pris la parole. Autour de moi, mes condisciples de naguère étaient affalés, plus ou moins ivres, sur leurs chaises. La table, avec sa nappe froissée, ses bouteilles à demi vides, ses verres renversés, ses assiettes souillées et ses coupelles débordantes de cendre, était le champ de bataille de la joie de vivre. Une épaisse fumée de tabac stagnait au-dessus des têtes et voilait la nudité mythologique des nymphes peintes à fresque sur les murs. Face à ce public aviné et jovial, je racontai en peu de mots la rencontre à Paris de ma mère avec Georges d'Anthès, et j'insistai sur l'iniquité que représentait pour nous, les Russes, la brillante carrière en France de l'homme qui avait tué Pouchkine. Tous m'approuvèrent à grands cris, couvrirent d'insultes l'impudent Français et jurèrent de servir jusqu'à leur dernier souffle la mémoire de notre illustre prédécesseur au lycée impérial. Il y avait cent façons de célébrer le poète : organiser des soirées en son honneur, contribuer à la publication de ses derniers écrits, ouvrir une souscription pour l'érection d'une statue... La discussion s'engagea sur ces différents projets. L'alcool aidant, notre exaltation atteignit un tel paroxysme que le but principal de notre existence nous sembla soudain être l'exercice de ce culte patriotique et littéraire. Pour donner plus de solennité à notre décision, nous commandâmes un saladier rempli de punch, allumâmes le mélange et, debout en cercle, la main tendue au-dessus de la flamme bleue, répétâmes notre serment avec autant de conviction que si nous le prononcions dans l'église de Tsarskoïe Selo. Ensuite, nous bûmes chacun notre coupe jusqu'au fond et la brisâmes contre le mur. En nous séparant, ce soir-là, les jambes molles et la tête enfiévrée, nous avions l'impression d'être encore plus « frères » que par le passé. Pouchkine nous avait rapprochés. Nous n'étions pas seulement un groupe d'amis, mais les membres d'un même clan, d'une même famille. Le lendemain, je commandai à un orfèvre quinze bagues de fer, avec l'initiale « P » gravée sur le chaton. Au-dessous, deux dates entre lesquelles s'inscrivait la courte vie de notre maître à rêver : « 1799-1837 ». Dès que les anneaux furent prêts, je les envoyai par coursier aux « preux chevaliers » de notre association secrète.

Cependant, je ne pouvais me contenter de cette cérémonie initiatique. Tout au long de mes journées, la flamme du punch brûlait dans ma cervelle. Pouchkine était derrière moi. Il me parlait, il me poussait dans le dos, il exigeait que je fisse quelque chose pour payer ma dette envers lui et venger sa mémoire. Mais j'hésitais encore.

Une nuit, entre deux rêves, je fus frappé par une illumination et, aussitôt, mes nerfs se détendirent et mon avenir s'éclaira. Moi d'habitude si perplexe, je me sentais investi soudain d'une mission urgente et surnaturelle : aller à Paris, rencontrer Georges d'Anthès, lui dire son fait et le tuer. Non pas en duel, mais à l'improviste, comme un chien. Ce geste de justicier réparerait l'erreur du destin et me vaudrait l'admiration de tous mes compatriotes. Peut-être n'étais-je né que pour accomplir cet acte téméraire et sacré ? Peut-être la vocation de redresseur de torts était-elle la seule raison de ma présence sur terre ? Pendant quelques semaines, je vécus sous la domination de ce grand projet. Quand un doute me prenait, j'appuyais mes lèvres sur le chaton de la bague de fer et une fraîcheur de paradis s'installait dans ma tête. Ma mère ne se doutait de rien. Moi, je me préparais à un grand saut dans le vide.

Le jour de mes vingt ans, je prétextai une étrange fatigue, exagérai mes quintes de toux et déclarai que j'éprouvais le besoin d'aller me reposer dans un pays tempéré, en France, par exemple. Immédiatement, ma mère, affolée, convoqua le docteur Goldman. Le brave homme, qui n'avait pas su guérir ma sœur Irène, phtisique au dernier degré, se garda bien, cette fois-ci, de se montrer réticent. Il craignait tellement d'avoir une seconde mort sur la conscience que, m'ayant ausculté pour la forme, il conclut à la nécessité d'un long séjour sous un climat sec et chaud. Il me donna le choix entre la Crimée et le midi de la France. J'optai, évidemment, pour cette seconde solution. Ma mère céda, au milieu des soupirs, des recommandations et des larmes. Il fut convenu que je me rendrais à Nice, dans la maison de repos d'un certain docteur Legendre, réputée pour les soins qu'on y prodiguait aux poitrinaires. Mais j'obtins de m'arrêter pour un temps à Paris, afin d'en admirer les beautés et d'en fréquenter les théâtres avant de commencer ma cure. Ma mère proposa de m'accompagner, ce qui eût compromis ma tâche. Je m'employai à lui démontrer l'inutilité pour elle de ce nouveau voyage. En vérité, elle était si impatiente de participer à la grande saison des mondanités hivernales à Saint-Pétersbourg que je n'eus pas de peine à la convaincre de me laisser partir seul.

D'après le plan que je m'étais tracé, je devais me rendre par mer de Cronstadt à Stettin, et, de là, prendre le train pour Berlin et Paris. La date de mon embarquement fut fixée au 15 octobre 1869. La veille, je réunis une dernière fois au restaurant mes camarades de la confrérie des anneaux de fer. Malgré l'ambiance chaleureuse du festin, je ne dévoilai pas mes intentions. Elles resteraient un secret entre Dieu, Pouchkine et moi. Mais la gravité de mon visage laissa supposer à tous que j'étais habité par un vaste dessein. En me séparant d'eux, j'avais le sentiment d'être un soldat qui allait affronter le feu de l'ennemi. Me couvrirais-je de gloire, ou serais-je tué, ou les deux à la fois ? Car, même s'il n'y avait pas duel, Georges d'Anthès ne se laisserait pas faire sans se défendre. Contrairement à la vieillesse, la jeunesse ne craint pas la mort. En tout cas, cette folle entreprise était le meilleur moyen de transmettre mon nom encore obscur – Alexandre Mikhaïlovitch Rybakoff – à la postérité. L'écrivain Lermontov s'était rendu célèbre par ses vers vengeurs sur la fin de Pouchkine et avait été tué en duel par un proche des ennemis du poète. J'étais prêt, moi aussi, à risquer ma liberté, ma vie pour celui que j'avais élu comme modèle et comme guide dès mes premiers pas dans le lycée de Tsarskoïe Selo. C'était une question de propreté morale, une affaire de conscience à laquelle je ne pouvais échapper.

Ma mère m'accompagna à Cronstadt, jusqu'à l'embarcadère. Le navire était à quai. Les passagers grimpaient à bord en file indienne, par l'échelle de coupée. Tandis que j'attendais mon tour, des portefaix lourdement chargés me bousculaient au passage. Une bruine glaciale descendait du ciel sur la foule. Blottie sous un grand parapluie noir à bordure de dentelle, ma mère pleurait. Je l'embrassai tendrement. Jamais elle ne m'avait paru plus petite et plus frêle. Je devinais son squelette menu sous mes mains, tandis que je la pressais contre ma poitrine. Elle traça sur mon visage un large signe de croix et murmura :

— Que Dieu te garde, Sacha !

Soudain, je me demandai si ce voyage n'était pas une absurdité, si je ne regretterais pas cette folle équipée dès que je serais en mer. Trop tard. Je ne pouvais plus reculer. Les énormes roues à aubes, la haute cheminée fumante, les cris des officiers de marine dans un porte-voix, le clapotis des vagues, tout m'ordonnait d'aller de l'avant. J'étais l'esclave de cette liberté que j'avais tant désirée.

II

Arrivé à Paris, après un voyage sans péripéties hormis quelques anicroches douanières lors de mon passage par la Belgique, je descendis d'abord dans un petit hôtel de la rue de la Chaussée-d'Antin. Puis, selon les indications des commerçants du quartier, je cherchai une chambre à louer chez l'habitant. J'en découvris une, très convenable, rue de Miromesnil. Ma logeuse, Mme Paturon, avait la carrure et l'œil hardi d'un grenadier. Sa voix me perçait les oreilles, mais elle était la bienveillance même. Elle me fit compliment de ma mise soignée et de l'élégance avec laquelle je m'exprimais en français. Il est vrai que, grâce à la gouvernante suisse de mon enfance et aux professeurs de Tsarskoïe Selo, j'étais aussi à l'aise dans la langue de Voltaire que dans celle de Pouchkine. C'est d'ailleurs en français que j'ai choisi d'écrire ce récit de ma vie. Ne souffrant pas du dépaysement, j'avais à peine l'impression d'avoir franchi une frontière et changé de climat. Mon parcours continuait sans cassure. Du moins essayais-je de m'en persuader pour me donner du cœur au ventre.

Mon voisin de chambre, dans cet aimable garni, était un jeune homme rouquin et alerte, au regard d'écureuil, qui était plus ou moins journaliste au *Siècle* et vivait surtout des subsides que lui envoyaient ses parents épiciers à Bordeaux. Il s'appelait Daniel Desroches, mais insistait pour qu'on écrivît son nom avec une particule : des Roches. D'emblée, il me prit en amitié et m'interrogea sur les raisons de ma présence en France. Je prétextai une incoercible curiosité touristique, et il me crut. Il voulut même me faire visiter la capitale. Je déclinai son offre, lui affirmant que je préférais découvrir la ville au hasard de mes promenades solitaires. Pouvais-je lui révéler que Paris ne m'intéressait guère, que je ne voyais pas ses palais, ses monuments, ses églises, que je me moquais de la réputation de ses théâtres et que mon unique souci était d'approcher d'Anthès ? Où demeurait-il ? Quel genre de vie menait-il ? Evidemment, j'aurais pu me renseigner auprès de notre ambassade. Mais, pour la réussite de mon entreprise, je répugnais à mettre les bureaux russes, qui étaient pleins d'espions, au courant de mes allées et venues.

Finalement, je posai la question d'un air détaché à Daniel des Roches, et ce fut lui qui, après s'être informé parmi les rédacteurs de son journal, me donna l'adresse : le très respectable sénateur Georges de Heeckeren d'Anthès habitait 27 avenue Montaigne, dans un hôtel particulier qu'il avait fait construire quelques années auparavant. Je n'en demandai pas plus. La traque pouvait commencer.

Dès le lendemain, je me ruai avenue Montaigne. Quel étrange quartier ! Tout neuf et très aéré ! Des constructions modernes s'y étaient implantées en désordre. Les plus hauts représentants de la société dorée y avaient pignon sur rue. On voyait là, côte à côte, un faux palais Renaissance, une villa pompéienne avec son péristyle à colonnes, des hôtels particuliers cossus aux façades abondamment ornées, mais aussi un pavillon mauresque au fond d'un jardin, un gymnase, un couvent... De toutes ces maisons, une seule m'intéressait : celle qui portait le numéro 27. La porte cochère en était grande ouverte. Je franchis le seuil et me trouvai dans une cour pavée avec, au fond, un bel immeuble de trois étages, aux fenêtres cintrées que voilaient des rideaux de soie claire. On accédait à l'entrée d'honneur par un perron de huit marches surmonté d'une marquise en verre cathédrale. Une aile du bâtiment s'allongeait sur la gauche et un écriteau discret indiquait la loge du concierge, en sous-sol. Je n'osai le déranger et me retirai avec l'impression d'être un malfaiteur novice venant inspecter le théâtre de son prochain exploit. Ainsi, c'était là que s'était retranché, fortune faite, l'homme que j'avais résolu d'abattre. Longtemps je déambulai sur le trottoir devant cette forteresse imprenable. Tout y était clos. Personne n'en sortait. Elle formait l'angle de la voie seigneuriale avec une rue misérable : le passage des Douze-Maisons [1]. A deux pas des jets d'eau élégants du rond-point des Champs-Elysées, je découvrais un dépotoir où devaient gîter des ouvriers, des palefreniers, des mendiants, des conducteurs de chèvres. Il y avait un tel contraste entre la crasse populaire de cette venelle et le luxe ostentatoire des grandes demeures voisines que j'en fus gêné pour ceux qui avaient choisi d'étaler ici les symboles de leur richesse et de leur rang. Tournant le dos à la demeure de Georges d'Anthès, je remontai l'avenue Montaigne sans trop savoir où me portait mon impatience. J'arrivai ainsi devant un lieu de plaisir dont j'avais entendu parler par Daniel des Roches : le bal Mabille. Cet établissement étant

1. Le passage des Douze-Maisons sera démoli en 1881 et, à cette même époque vraisemblablement, la numérotation de l'avenue Montaigne changera, le numéro 27 devenant le numéro 17.

assez proche de la maison de Georges d'Anthès, peut-être pourrait-on, pensai-je, m'y renseigner sur lui ? Je pénétrai, sans que personne m'arrêtât, dans les jardins, puis dans la grande galerie, où les tables étaient encore vides. Il était trop tôt pour que la fête commençât. Cependant, des centaines de globes, éclairés au gaz, brillaient déjà dans les palmiers factices qui décoraient la salle. Les murs étaient tendus de damas rouge. Partout, des glaces et des fleurs. Quelques serveurs, en tabliers blancs et rondins noirs, s'affairaient autour du buffet. Des musiciens s'installaient paresseusement sur l'estrade de l'orchestre. Ils discutaient entre eux en mastiquant des sandwiches. Une demi-douzaine de femmes racoleuses se pavanaient, en attendant le client, sur la piste réservée aux danseurs. L'une d'elles vint à moi, fardée, provocante, les mains sur les hanches et le regard aguicheur :

— Vous désirez, monsieur ?

Elle avait une voix râpeuse :

— Rien... rien, balbutiai-je. Je venais en curieux...

— Eh bien, ouvrez grand les mirettes... C'est superbe, hein !... Le monde n'arrivera pas avant une heure ou deux... Vous êtes étranger ?

— Oui.

— D'où venez-vous comme ça ?

— De Russie.

— Je l'avais deviné à votre accent. Nous recevons beaucoup de Russes, ici. Ils sont gentils. Ils apprécient la gaieté française. Voulez-vous retenir une table ?

— Non... non, je dois partir...

Et soudain, payant d'audace, je demandai :

— Avez-vous des habitués, au bal Mabille ?

— Bien sûr !

— Des gens du quartier ?

— Evidemment... Entre autres...

— Je crois que vous comptez, parmi vos voisins, un certain baron Georges de Heeckeren d'Anthès...

— Je l'ai entendu dire, en effet...

— Vient-il parfois au bal ?

Elle me rit au nez :

— Pensez-vous ! Il est bien trop huppé ! Vous le trouverez plutôt aux Tuileries, au Sénat, ou au Cercle impérial !

— Où est-ce, le Cercle impérial ?

— Je n'en sais ma foi rien, mon cher monsieur, il y a d'autres bonnes adresses, à Paris. J'ai une heure à perdre avant l'ouverture. Venez donc chez moi, sans façon. C'est à côté !

Elle m'avait pris le bras. Sa bouche peinte respirait tout près de la mienne. Je songeai qu'en la repoussant je commettrais une impolitesse. Aucune femme ne méritait un tel affront. D'ailleurs, elle n'était pas vilaine. Brune, la prunelle noire, la peau ambrée, la bouche pulpeuse. Elle susurra encore :

— Tu es charmant avec ton petit air de t'être égaré dans un bois. On dirait un ange empêtré dans ses ailes. Allez, un bon mouvement ! Je m'appelle Adeline, Adèle...

Aussitôt, je pensai à quelques vers de Pouchkine, dédiés à une adolescente qui portait ce prénom :

Amuse-toi, Adèle,
Ignore les chagrins :
Tu es née pour le plaisir,
Saisis au vol tes jeunes années,
Fais-en don à l'amour,
Et, dans le vacarme du monde,
Laisse-toi séduire, chère Adèle,
Par le son de mon pipeau[1].

Quelle coïncidence ! Je ne pouvais plus refuser. Je la suivis. Dans la rue, elle m'annonça :

— Il faut faire vite ! On va prendre un sapin !

Ce mot de sapin me décontenança. Voyant que je m'étonnais, elle éclata de rire :

— Un fiacre, quoi ! On voit bien que tu n'es pas de la paroisse !

1. Poème de Pouchkine, dédié, croit-on, à la jeune Adèle Davydov.

Des voitures de louage attendaient devant l'entrée du bal Mabille. Je montai avec Adèle dans le premier « sapin » de la file. Le parfum poivré de ma compagne emplit instantanément le coupé. Il n'y avait plus au monde que cette odeur de femme chaude. Elle me tendit les lèvres. Hors d'haleine, le cœur chaviré, je prolongeai le baiser jusqu'à la fin de la course et me retrouvai dans une chambre inconnue, sans même me rappeler avoir payé le cocher, gravi quelques marches et refermé la porte derrière notre couple. Elle se déshabilla avec dextérité, m'aida à ôter mes habits et, couchée sur le dos, les cuisses écartées et l'œil malicieux, m'ouvrit les bras dans un geste d'appel. Je n'avais jamais vu de femme nue. Celles que représentaient les tableaux étaient toujours du haut en bas, parfaitement lisses. Les touffes de poils, bruns et frisés, aux aisselles et au pubis d'Adèle, me parurent une anomalie. Mon sang se glaça. Mais, déjà, elle m'attirait sur son ventre. Ce fut elle qui guida mes mouvements jusqu'au spasme libérateur. Quand tout fut terminé, elle plaisanta :

— Un puceau ! J'en étais sûre ! Ça porte bonheur pour l'année !

J'étais déçu. Ce n'était donc que cela ! Une brève secousse, un éblouissement passager... Et mes camarades de Tsarskoïe Selo qui prétendaient que cet exercice leur ouvrait les portes du ciel !...

Sans doute n'avais-je pas su m'y prendre ? Elle voulut recommencer. Je refusai, non que je fusse rassasié, mais il me semblait qu'un plaisir si brutal, si vulgaire était indigne de moi. En s'offrant sans vergogne, cette femme experte me détournait de ma mission. Je n'étais pas un homme comme les autres. J'étais un justicier. Et un justicier ne se laisse pas distraire en cours de mandat. Je me répétai cela tout en songeant que Pouchkine, lui, n'aurait pas dédaigné ce genre de satisfaction animale. On le disait très porté sur le sexe. Adèle me regardait, les seins à l'air, les mains croisées derrière la nuque, un sourire moqueur aux lèvres, tandis que je rajustais mon pantalon.

— Eh bien, as-tu aimé ? interrogea-t-elle.

— Oui, bredouillai-je. C'était merveilleux ! Je vous remercie...

— Tu reviendras ?

— Je ne sais pas... Peut-être...

J'étais rouge de confusion. Mes mains tremblaient. N'était-ce pas d'Anthès qui, inspiré par le diable, m'avait envoyé cette houri afin de m'écarter de mon but ? Je me demandai si je devais la payer pour ses services. Et combien fallait-il donner ? Vingt francs ? Cinquante francs ? Dans l'incertitude, je tirai trois louis de ma poche. Elle les accepta en riant :

— Comment t'appelles-tu, mon prince ?

— Alexandre.

— Eh bien, bonne chance avec les femmes, Alexandre ! Moi, il faut que je retourne au bal. On m'attend là-bas. Je t'embarque ?

Elle avait une telle autorité dans la voix que je me laissai faire. Un fiacre nous ramena avenue Montaigne. Même de loin, on entendait les flonflons de l'orchestre. Je songeai que ces sons de bastringue devaient déranger Georges d'Anthès dans son sommeil. Mais pouvait-il vraiment dormir depuis qu'il avait la mort de Pouchkine sur la conscience ?

L'entrée de Mabille coûtait cinq francs pour les messieurs et un franc pour les dames. Il faisait trop froid pour danser dans les jardins. En revanche, à l'intérieur, quel vacarme, quelle chaleur, quelle cohue ! Violons et pistons jouaient à tout rompre. Une foule bariolée se trémoussait au rythme endiablé d'un « chahut ». Les jupes volaient, les bouches riaient, les fronts transpiraient dans l'effort du tournoiement. De temps à autre, une piaillerie de femme rompait la musique sautillante. Je ne m'étais jamais trouvé, en Russie, dans un pareil endroit. A voir tant de gens qui s'agitaient avec des regards de joyeuse démence, je me demandais si je n'étais pas descendu dans l'enfer du plaisir. Ces damnés de la futilité, quelle faute expiaient-ils en se démenant dans une touffeur de fournaise ? L'air empestait tous les parfums de la canaille. Manifestement, le public était composé, en majeure partie, de lorettes faciles, de filles à passes, de bourgeois déboussolés et de faux dandys en quête de bonnes fortunes. Adèle était électrisée. On eût dit un cheval de cirque avant son entrée en piste. Elle ne tarda pas à m'abandonner pour suivre un bonhomme grisonnant, tout en moustaches et en favoris, dont le ventre s'ornait d'une double chaîne en or à gros maillons et à breloques. En s'éloignant, elle me fit par-dessus l'épaule un petit signe de la main, les doigts agités comme pour froisser un papier de soie. Dès qu'elle eut rejoint la masse virevoltante des danseurs, je me dirigeai vers la porte.

Il s'était mis à pleuvoir. J'eus beaucoup de difficulté à trouver un fiacre pour rentrer chez moi, rue de Miromesnil. Dans le couloir qui conduisait à ma chambre, je me heurtai à Daniel des Roches sortant de la sienne. Il avait passé la soirée au Théâtre-Français et déclara que la pièce d'Octave Feuillet qu'il y avait vue ne valait pas le dérangement. Quand il apprit que je revenais du bal Mabille, il me félicita :

— C'est l'un des endroits les plus courus de la capitale ! On y côtoie aussi bien la crème que le rebut. Y avez-vous trouvé chaussure à votre pied ?

— Ce serait beaucoup dire, marmonnai-je.

— Rien de prometteur pour demain ?

— Rien.

— Dommage !

Il me considérait d'un air de commisération fraternelle. Soudain, je demandai :

— Savez-vous où se trouve le Cercle impérial ?

— Rue Boissy-d'Anglas. Pourquoi ?

— Simple curiosité de voyageur... C'est, je crois, un club très recherché ?...

— Le plus recherché de tous, à mon avis !

— Sans doute est-il difficile de s'y faire admettre ?

— Fichtre, oui ! Vous voudriez essayer ?

— Non, non ! dis-je précipitamment.

— Tous les membres du Cercle sont des gens archiconnus et archirecommandés ! observa-t-il comme pour achever de me décourager.

Je hasardai une question plus précise :

— Il paraît que le baron Georges de Heeckeren d'Anthès en fait partie. Est-ce exact ?

— Cela ne m'étonnerait pas ! J'ai appris beaucoup de choses sur lui à la rédaction du *Siècle*. Mais pourquoi vous intéresse-t-il tant ?

Je craignis de m'être trop avancé.

— Ma mère l'a rencontré à Paris, voici quelques mois, dis-je. Elle m'en a parlé comme d'un homme charmant !

— Charmant n'est pas le mot ! s'exclama Daniel des Roches. Il est d'un grand poids dans la politique, dans le commerce, dans l'industrie. Conseiller général du Haut-Rhin, sénateur avec un traitement de trente mille francs par an, familier de l'empereur, il en a profité pour triompher aussi dans les affaires. C'est lui qui a institué les premières lignes de chemin de fer en Alsace. Avec les frères Pereire, évidemment ! Tous ces foutus financiers vous les retrouverez dans les sociétés d'assurances, les compagnies maritimes, les banques. Partout ils s'emplissent les poches. Votre baron Georges d'Anthès a même fondé, paraît-il, la Compagnie parisienne du Gaz et en est devenu un des administrateurs. Voilà le lascar ! On peut dire qu'il est né coiffé !

Tandis que j'écoutais l'énumération de ces réussites, une sainte colère m'échauffait le cerveau. Plus on me renseignait sur les coups de chance successifs de d'Anthès, plus je le détestais. S'il avait fini son existence modestement, peut-être n'aurais-je pas eu le courage de le supprimer ? Peu à peu, le personnage se dessinait en traits puissants et rébarbatifs dans mon imagination. La curiosité en éveil, je demandai :

— Et... savez-vous quelque chose sur sa vie privée ?

— Presque rien. Il est très discret. Il sort peu. On m'a dit qu'il avait perdu sa femme, morte voici plus de vingt-cinq ans, qu'il ne s'était pas remarié et que ses enfants et petits-enfants habitent avec lui dans sa maison de l'avenue Montaigne. C'est tout !... Mais parlez-moi encore de votre soirée au bal Mabille. Avez-vous aimé l'ambiance débridée de ce lieu de perdition ?

— Oui et non... J'en ai eu vite assez !

— Je vous comprends. Rien n'est plus monotone que la débauche ! Allons, bonne nuit, mon cher. Ne rêvez pas trop aux odalisques que vous avez rencontrées !

Je ris en lui assurant qu'aucune de ces dames ne m'avait troublé au point de hanter mon sommeil.

Pourtant, lorsque je me mis au lit, le souvenir d'Adèle me revint avec une précision agaçante. Quel garçon de vingt ans n'a voué une certaine gratitude à son initiatrice ? Tout en me disant que, grâce à cette inconnue, j'étais devenu un homme, je craignais que la révélation de l'amour physique n'altérât ma conduite de chevalier d'une juste cause. Allais-je demeurer aussi ferme dans ma résolution, maintenant que j'avais goûté aux saveurs de la chair ? Ne serais-je pas tenté de trahir Pouchkine pour Adèle ? Je n'étais guère éloigné de croire que la femme s'attachait toujours à l'homme avec le secret espoir de le désarmer. A mon sens, elle était l'ennemie naturelle de la grandeur d'âme.

Il faisait froid dans la chambre. Un vent coulis passait par les interstices de la croisée. Je me tournais et me retournais sous les couvertures, tout ensemble fier de ma prouesse amoureuse et honteux d'avoir oublié Pouchkine le temps d'une coucherie. Puis, ne pouvant trouver le repos, je rallumai ma lampe de chevet, tirai du nécessaire de voyage le petit volume relié en maroquin rouge (Les œuvres choisies de *mon* poète) et l'ouvris au hasard. Les vers terribles du *Poignard* me sautèrent aux yeux. Cette adresse lyrique à une arme chargée de laver toutes les offenses, toutes les injustices, m'apparut enrichie d'un sens prémonitoire. Je récitai à mi-voix, pour moi-même, la fameuse dédicace de l'auteur à une lame meurtrière luisant dans l'ombre de celui qu'elle allait immoler :

Le coup que tu prépares le trouvera partout :
Sur terre, sur les eaux, au temple, sous la tente,
Dans les châteaux inaccessibles,
En rêve, ou parmi sa famille.

Comme toujours, Pouchkine traduisait ma pensée et éclairait ma route. A chaque pas, je découvrais son influence occulte. Quoi qu'il advînt, je devais lui obéir. Cette idée calma mes angoisses. Incapable de fermer l'œil, je me levai, en chemise, et écrivis à ma mère pour lui dire que Paris me plaisait beaucoup, que ma santé s'était déjà améliorée, que je n'avais malheureusement rencontré aucune des personnes auprès de qui elle aurait voulu m'introduire et que je ne perdais pas de vue la nécessité de me rendre, un de ces prochains jours, à Nice. Au vrai, je n'en avais nullement l'intention. Mais, en bon fils, je tenais à tranquilliser les êtres chers que j'avais laissés à Saint-Pétersbourg. Il serait toujours temps, pour eux, de souffrir lorsqu'ils apprendraient le véritable motif de mon voyage. J'écrivis également à quelques camarades de notre confrérie de Tsarskoïe Selo, mais sans allusion à Georges d'Anthès. La moindre confidence eût risqué de faire échouer mon entreprise. Plus je serais seul, plus je serais fort. Ayant signé et séché ma dernière lettre, je me recouchai, la conscience en paix, et dormis d'une traite jusqu'au matin.

III

Ce ne pouvait être que lui : grand, massif, le corps engoncé dans un ample manteau couleur cachou à col de fourrure, le crâne coiffé d'un haut-de-forme, il descendait pesamment les marches du perron de son hôtel particulier. Un laquais lui ouvrit la portière de sa calèche, à la capote relevée malgré le froid, et l'aida à s'y installer. Posté sur le seuil de la porte cochère, je scrutais avidement ce qui se passait dans la cour. Mais j'avais peine à discerner le visage de Georges d'Anthès dans la pénombre brumeuse du crépuscule. La voiture s'ébranla, passa devant moi en tressautant sur les pavés et, tournant dans l'avenue Montaigne, se dirigea vers le rond-point des Champs-Elysées. Où allait-il ainsi ? Peut-être au Cercle impérial ? Je décidai de m'y rendre et de l'attendre à la sortie pour l'examiner plus commodément.

Je fis le chemin à pied. Quand je parvins aux abords de la rue Boissy-d'Anglas, je tombai sur un tel rassemblement de véhicules divers que je ne sus même pas reconnaître celui de d'Anthès. Phaétons, tilburys, landaus, cabriolets, berlines, rangés en double file, rivalisaient de lustre et d'élégance. Descendus de leurs sièges, les cochers bavardaient en attendant le retour de leurs maîtres. Leur livrée de couleur sombre, leurs bottes neuves et la cocarde de leur chapeau prouvaient à tout un chacun qu'ils appartenaient à de grandes maisons. Ils n'avaient pas éteint leurs lanternes de route et cet éclairage insolite faisait reluire la robe soyeuse des chevaux à l'arrêt. Parfois un hennissement, le claquement d'un sabot impatient, rompait le silence bourdonnant de la ville. Il était six heures du soir. Un suisse, à l'uniforme abondamment galonné, veillait à l'entrée du Cercle. Je lui demandai si le baron Georges de Heeckeren d'Anthès était déjà arrivé. Il refusa de me répondre. Sans doute avait-il reçu la consigne de se taire. Je résolus de faire le guet pendant une heure ou deux, à tout hasard. Mais, très vite, je me rendis compte qu'en restant planté devant la porte de l'établissement je me rendais suspect. D'ailleurs, j'étais transi. Des grattouillis attaquaient ma gorge. Un frisson courait dans mon dos. Me rappelant que j'avais les bronches fragiles, je jugeai plus raisonnable d'écourter ma surveillance et de me réfugier dans un café des boulevards pour y boire un grog.

J'échouai au Tortoni, qui débordait de monde. Après m'être réchauffé d'un alcool brûlant, je demeurai doucement hébété par le brouhaha des voix et le tintement de la vaisselle. De l'éclairage des lampes à la disposition des tables et au glissement fantomatique des serveurs, tout ici était discret et raffiné. Après mûre réflexion, je me dis que je ne devais pas m'acharner à épier les déplacements de Georges d'Anthès à la façon d'un mouchard. Pour être sûr de ne pas me tromper d'homme, il fallait exiger que quelqu'un d'avisé me désignât « le bon », et, au besoin, me présentât à lui. En effet, quel drame horrible si, par erreur, j'exerçais ma vengeance sur un autre ! Tout plutôt que l'immolation d'un innocent à la suite d'une méprise. Du reste, il valait mieux ne pas tirer sur Georges d'Anthès au jugé, dans la rue, parmi les passants. L'idéal eût été de l'aborder dans un salon, de lier conversation avec lui et, le regardant droit dans les yeux, de lui dire d'un ton froid : « C'est Pouchkine qui m'envoie. Faites votre prière ! » En même temps, je braquerais sur lui le revolver que j'avais acheté à Saint-Pétersbourg et qui avait échappé aux fouilles de toutes les douanes. Un coup de feu. D'Anthès tomberait, frappé à mort. Et, profitant de l'affolement général, je me sauverais sans que nul s'avisât de me barrer la route.

Ce scénario fit bondir mon cœur d'allégresse et je souris inconsciemment à la ronde, si bien qu'une femme seule, à une table voisine, me répondit par une légère inclination de tête. Une seconde Adèle sans doute, à la recherche d'un client. J'eus l'impression soudain que toutes les Parisiennes étaient friandes d'aventures galantes, mais je restai impavide. J'avais bien autre chose en tête que la gaudriole. Mon idée fixe, à présent, était de me faire inviter dans quelque société de choix fréquentée par Georges d'Anthès afin de l'identifier et de le massacrer sur place. Ce n'était donc pas à la filature que je devais consacrer mon temps mais à la préparation d'une rencontre mondaine avec ma future victime. Qui pouvait m'aider dans cette quête ? Je ne connaissais personne parmi le gratin français. Mon seul informateur était Daniel des Roches. Un journaliste d'occasion. Et, vraisemblablement, opposant au régime. Piètre introducteur auprès des hautes sphères parisiennes. Faute de mieux, je me résignai à le tâter sur cette affaire.

Il se passa trois jours pleins avant que nous ne convînmes d'un dîner au restaurant Véfour. Je ne manquais pas d'argent, grâce au crédit que ma mère avait ouvert pour moi à la banque Rothschild. Le repas fut superbe. Je me souviens encore d'un turbot à la sauce aux huîtres qui nous transporta d'aise au point que nous en commandâmes d'emblée un second. Daniel des Roches était très en verve. Je compris que, contrairement à moi, il avait la passion de la politique. Ses propos sur Napoléon III étaient si féroces qu'à plusieurs reprises je craignis les réactions offusquées de nos voisins de table. Comme je lui conseillais de baisser la voix, il pouffa de rire :

— La moitié de la France pense comme moi, mon cher ! Les embellissements de Paris, les fastes des Tuileries et de Compiègne ne suffisent pas à cacher la pourriture du système. Il n'y a pas un honnête homme dans l'entourage de ce monarque malade, atteint de la folie des grandeurs. L'argent triomphe. Le peuple souffre. Le mécontentement fait tache d'huile. L'Empire est foutu. Tous les gens sensés rêvent d'un retour à la République !...

Mon esprit était si loin de ces préoccupations françaises que j'écoutais mon compagnon avec impatience et ennui. Tout à coup, je me rappelai que notre tsar, en visite à Paris deux ans auparavant à l'occasion de l'Exposition universelle, avait essuyé le coup de feu d'un nationaliste polonais, alors qu'il traversait le bois de Boulogne en voiture. Il y avait eu un autre attentat contre lui, en Russie. Toujours sans résultat. Les ennemis d'Alexandre II ne désarmaient pas, malgré leurs échecs. Pourquoi aurais-je désarmé, moi qui ne visais pas un souverain mais un simple citoyen, fût-il baron et sénateur ? Au fond, j'étais un fanatique pour des motifs de moralité et de poésie, tandis que les « terroristes » l'étaient pour de prétendues raisons d'intérêt public. Tout en les condamnant pour leurs opinions antimonarchistes, je les admirais pour leur constance dans le sacrifice. Ils me donnaient l'exemple du courage et de l'abnégation. Ils m'ouvraient les voies de la violence. Mais, devant Daniel des Roches, si sévère à l'égard de Napoléon III, je me disais aussi qu'il ne devait guère avoir de relations dans les milieux gouvernementaux où évoluait Georges d'Anthès. Hélas ! je n'avais pas le choix. Au dessert, je décidai d'attaquer mon camarade par la bande :

— Malgré vos convictions démocratiques, vous devez compter des amis dans l'autre camp...

— J'ai, en effet, cette faiblesse, répondit-il. Mais, si je les vois, c'est pour essayer de les faire changer d'avis, non pour chanter dans le même ton qu'eux. Pourquoi me demandez-vous cela ?

— Je voudrais... je voudrais me faufiler dans la haute société parisienne, dis-je avec l'air d'être amusé moi-même par cette prétention saugrenue.

Il sourit :

— Pour y chercher une fiancée ?

— Nullement !

— Pour quoi donc, alors ?

Je biaisai de mon mieux :

— On ne peut prétendre connaître Paris si on n'a pas pénétré dans certains salons fashionables !

— Vous seriez déçu ! A moins que vous ne pensiez à quelqu'un de précis dont vous souhaiteriez faire la connaissance !

— Je pense à plusieurs personnes...

— A qui donc ?

— Des écrivains, des acteurs renommés, dis-je évasivement.

Il fit la moue :

— Les plus importants se réunissent ailleurs que sous les lambris des grandes demeures qui vous intéressent. Et ces grandes demeures m'ont fermé leurs portes à cause de mes prises de position politiques. Demandez-moi de vous présenter à Théophile Gautier, à Théodore de Banville, à Alexandre Dumas, je suis votre homme, mais à la princesse Mathilde ou au duc de Morny, non !

— Bref, vous ne voulez pas m'aider ? balbutiai-je piteusement.

— Je n'ai pas dit cela ! Eclairez ma lanterne ! Qui au juste désirez-vous rencontrer ?

Je lâchai le morceau :

— Le baron Georges de Heeckeren d'Anthès !

— Encore ! dit-il en riant. Il vous obsède, celui-là ! Que lui voulez-vous ?

— M'entretenir avec lui... Il a vécu quelque temps en Russie... Il a connu notre grand poète Pouchkine...

— Il l'a même tué en duel, paraît-il !

La phrase me frappa en plein front. Mes tempes bourdonnaient. Je devais avoir le sang aux joues.

— Oui, dis-je. Mais, c'est une si vieille histoire ! On n'en parle plus du tout, chez nous...

Ce mensonge me coûtait. J'avais honte de ne pouvoir crier la vérité à la face de mon aimable questionneur. Maîtrisant le tremblement de mes nerfs, je poursuivis d'une voix encore mal assurée :

— J'aimerais avoir avec lui une conversation sur ses souvenirs de Saint-Pétersbourg, sur les conditions de son retour en France, sur son extraordinaire ascension dans la politique, alors qu'en Russie il se destinait à une carrière militaire...

— Je comprends, oui, oui, convint Daniel des Roches. Ce pourrait être intéressant...

Et, soudain, sa prunelle marron étincela de malice dans son visage poupin et rougeaud. Jetant sa serviette sur la table, il se toucha le front, l'air inspiré, et s'écria gaiement :

— J'ai une idée : vous devriez écrire directement à votre bonhomme en lui proposant vos services comme... comme secrétaire parlant les deux langues par exemple..., ou en prétendant être un journaliste russe désireux de l'interroger sur sa prodigieuse réussite en France...

Je restai un moment interloqué. Puis un espoir fou s'empara de moi. Peut-être ce touche-à-tout de Daniel des Roches venait-il de mettre le doigt sur la solution de mes problèmes ?

— Croyez-vous qu'il me répondra ? murmurai-je.

— Il ne coûte rien d'essayer !

En un clin d'œil, je fus convaincu. J'en oubliai de manger. La cuillère suspendue, l'œil vague, j'imaginais l'avenir.

— Vous ne finissez pas votre dessert ? me demanda Daniel des Roches.

Une montagne de glace au chocolat fondait dans mon assiette. Je l'avalai en trois cuillerées au risque de m'étrangler. Tant pis pour la gastronomie ! J'avais hâte de rentrer chez moi. Une tâche essentielle m'y attendait.

A peine enfermé dans ma chambre, je saisis la plume pour écrire au baron Georges de Heeckeren d'Anthès, 27 avenue Montaigne. Il fallait peser chaque mot, chaque virgule. Plusieurs brouillons me furent nécessaires pour exposer mon cas à ce correspondant que j'imaginais particulièrement sourcilleux. Je me présentai comme un jeune Russe dont il avait rencontré la mère à Paris, en juillet dernier, dans les salons de la comtesse de

Castelbrun. Mon souhait le plus cher, disais-je, était d'assumer auprès de lui les fonctions d'archiviste et de traducteur pour toutes les questions touchant aux relations entre nos deux pays. Pour conclure, je l'assurai de mon admiration pour ses initiatives diplomatiques et de mon sincère désir d'œuvrer, dans son ombre, au rapprochement de nos patries respectives. Un peu honteux de cette accumulation de mensonges, je recopiai soigneusement ma requête, la signai et décidai de la faire porter, dès le lendemain matin, à l'adresse du baron.

Puis, renonçant à dormir après une si forte émotion, je me replongeai dans les poésies de Pouchkine. Je me rappelle que je me penchai notamment sur les dernières strophes d'*Eugène Onéguine*. Comme toujours, elles me procurèrent un ravissement mélancolique. Oui, l'auteur de ces vers admirables méritait toutes les bassesses que je m'imposais en son nom. Le mince volume relié en maroquin rouge que je tenais entre mes mains pesait plus lourd dans les balances de l'éternité que l'important Georges de Heeckeren d'Anthès, avec son ventre, son gibus, sa canne, son hôtel particulier, son équipage et son compte en banque. Tout est permis à celui qui sert une grande mémoire, me disais-je. J'étais heureux, comme si je venais de réussir pour la seconde fois aux examens de fin d'année à Tsarskoïe Selo. Et je bénissais Daniel des Roches pour le judicieux conseil qu'il m'avait donné. J'avais emporté une petite icône de voyage que j'avais disposée sur une table de chevet. Au moment de me mettre au lit, je dis ma prière, à genoux devant l'image sainte, comme je le faisais jadis dans une cellule du lycée impérial. Après quoi, je traçai le signe de la croix au-dessus de ma lettre à Georges d'Anthès et appliquai mes lèvres sur l'enveloppe. A plusieurs reprises je rallumai ma lampe, cette nuit-là, et relus quelques poèmes dans le livre qui était devenu ma bible et mon talisman.

J'allais me recoucher enfin pour de bon quand une pensée forte me retint. J'avais un dernier rite à accomplir pour être digne de ma vocation. Ouvrant mon portefeuille à secret, j'en tirai une gravure représentant Pouchkine, d'après le célèbre portrait de Tropinine : un visage légèrement négroïde, aux prunelles de feu, aux cheveux crêpelés et aux lèvres épaisses. Plus russe que quiconque malgré sa lointaine ascendance africaine. Ses yeux étaient tournés obliquement vers le peintre, mais, en réalité, c'était moi qu'il regardait. Moi seul. J'avais deux atouts dans mon jeu : la petite icône et cette effigie superbe. Je détaillai avec ferveur, sur la lithographie en couleurs de Pouchkine, le col négligemment ouvert autour d'un cou puissant, les favoris broussailleux, la main baguée... J'aurais tellement voulu le connaître en son temps, appartenir au cercle de ses amis, qu'il me semblait ce soir, dans un état de providentiel vertige, être, malgré mes vingt ans, son authentique contemporain. Etait-il possible qu'un tel sentiment me liât à lui par-dessus la mort ? Suffisait-il de se dévouer du fond de l'âme à un être que tout le monde considérait comme disparu pour qu'il retrouvât en vous la chaleur de la vie ? J'épinglai la gravure au mur de ma chambre afin qu'elle veillât désormais sur moi au même titre que l'icône. En formant ce souhait, je n'eus pas l'impression de commettre un sacrilège.

*
**

De jour en jour j'attendis, le cœur battant, la réponse à ma lettre. Une semaine s'écoula ainsi, et rien ! Désespéré et désœuvré, je tuais le temps par des promenades à travers Paris, tantôt seul, tantôt avec Daniel des Roches. Je vis ainsi tout ce qu'il fallait voir dans cette orgueilleuse cité que Haussmann avait, paraît-il, rénovée. Mais ni l'Arc de Triomphe, ni le Louvre, ni Notre-Dame, ni les Tuileries, ni les quais de la Seine, ni les Champs-Elysées, ni la merveille de l'éclairage des rues par les becs de gaz, ni le lourd roulement des omnibus à impériale qui sillonnaient la ville, ne me détournaient d'un projet à la fois secret et sacré. Mon seul espoir, en flânant, était de tomber, par miracle, sur la calèche de Georges d'Anthès. Je crus l'apercevoir, un dimanche, au bois de Boulogne. Ce matin-là, Daniel des Roches m'accompagnait. Nous suivions, à pied, le mouvement d'une foule sage, en habits de fête, dans les allées. De riches équipages défilaient autour du lac. Certaines voitures étaient découvertes, malgré la fraîcheur de l'air. A l'intérieur, des dames du monde et du demi-monde, emmitouflées et emplumées, se prélassaient, une lorgnette à la main. De fringants cavaliers les suivaient au pas, la bride courte, sur des montures bien bichonnées, aux naseaux fumants. De toute évidence, hommes et femmes ne venaient ici que pour se faire admirer. C'était le rendez-vous des vanités élégantes, des rivalités paradeuses et des clins d'œil assassins. Soudain, je saisis le bras de Daniel des Roches :

— Là, là !... Regardez !... Je vous assure que c'est la calèche de d'Anthès !

Il protesta :

— Mais non ! Vous voyez bien que ce n'est ni son cocher ni son attelage ! Ses chevaux sont alezans et ceux-ci sont gris pommelé !

Je me rembrunis. Une fausse joie. De toute évidence, Georges d'Anthès avait jeté ma lettre au panier sans la lire. La manœuvre avait échoué. Il fallait inventer autre chose. Je prétextai une brusque fatigue pour rentrer chez moi.

L'après-midi, toujours avec l'intention de rencontrer Georges d'Anthès, j'allai rôder rue de Vaugirard, aux abords du Sénat. Des sentinelles veillaient de part et d'autre du grand porche béant. De temps en temps, une voiture, venant de la rue de Tournon, s'engouffrait avec fracas dans la cour d'honneur. L'éclat des vitres m'éblouissait au passage. Toutes ces calèches, tous ces coupés devaient transporter des gens importants car le piquet de garde leur présentait les armes. Georges d'Anthès était sûrement du nombre. Impossible de l'approcher dans ces conditions de surveillance et d'apparat. Je rebroussai chemin, morfondu par mon insignifiance.

Le soir même, je résolus d'écrire une seconde fois à Georges d'Anthès pour renouveler ma demande. Je n'eus pas à le faire : le lendemain matin, je trouvai dans mon courrier une lettre à l'enveloppe close par un cachet de cire rouge, dont l'armoirie s'ornait d'un tortil de baron. Longtemps je la contemplai, les genoux faibles, la poitrine oppressée, sans oser en prendre connaissance. Enfin je l'ouvris avec précaution, comme si elle pouvait m'éclater au visage :

« Monsieur, j'ai pris bonne note de votre proposition et je vous invite à venir me voir après-demain, 27 octobre, à onze heures trente. Dans l'attente de votre visite, je vous prie de croire à mes sentiments les meilleurs. »

C'était laconique, mais je ne pouvais espérer mieux. L'inaccessible Georges d'Anthès m'entre-bâillait sa porte. L'engrenage du destin commençait à tourner dans ma tête, inexorablement. J'adressai au portrait de Pouchkine un regard de victoire.

IV

J'étais attendu. Un valet de chambre à l'œil torve et aux épais favoris noirs m'ouvrit la porte du sanctuaire. Je pénétrai dans une pièce assez vaste, aux murs bardés de livres et aux gros meubles d'acajou. Entre les fauteuils de cuir s'érigeaient des guéridons surchargés de candélabres, de statuettes, de potiches et d'albums aux fermoirs d'argent. Une odeur de vieux papier et de cigare refroidi m'accueillit dès le seuil. J'aurais pu me croire dans le bureau de n'importe quel personnage influent de Russie. L'ameublement, la décoration étaient les mêmes. Il n'y manquait que l'icône. L'absence de toute image sainte me fit sentir que j'étais bien en France.

Au centre de ce cabinet de travail solennel et cossu siégeait le baron Georges de Heeckeren d'Anthès. Je le reconnus aussitôt, bien que ne l'ayant jamais vu de près. Penché sur sa table, il écrivait ou faisait semblant. Sa tête étant inclinée, je distinguais mal ses traits. Soudain, il releva le front. Son regard me frappa si fortement que, d'instinct, je cambrai la taille. Etait-ce là le jeune officier à l'uniforme blanc de chevalier-garde et à la moustache conquérante qui avait séduit Nathalie Pouchkine ? J'avais devant moi un vieillard athlétique et compact, proche de la soixantaine. Un visage à l'ossature puissante, avec des prunelles d'oiseau de proie, des sourcils touffus et une barbiche grisonnante, à l'impériale. Il avait dû être beau ; il ne l'était plus. Tout en lui était pesant, bourru et dur. Difficile de l'imaginer valsant avec élégance dans les salons pétersbourgeois des Vorontsov ou des Ficquelmont, sous le regard jaloux du poète. Je ne pouvais détacher les yeux de sa main droite. Celle qui avait tenu le pistolet. Elle était tavelée de taches bistre. Sans doute n'avait-elle plus l'assurance de jadis. Elle tremblait un peu. Aujourd'hui il aurait été incapable de viser juste. Cela me réjouit, je ne sais pourquoi. Il se taisait. Il me scrutait de la tête aux pieds. Nous nous faisions vis-à-vis, comme deux duellistes. Enfin il dit :

— Asseyez-vous, monsieur Rybakoff.

Il avait un léger accent alsacien. Cette particularité me surprit. Je n'arrivais pas à me figurer que le soupirant de Nathalie lui avait débité ses compliments avec des intonations germaniques. Quand je fus installé dans un fauteuil, face à la table encombrée de papiers, d'encriers, et d'un assortiment de plumes d'oie et de plumes de fer, il croisa les mains sur son ventre et poursuivit d'une voix grave, un peu chantante :

— Vous vous doutez bien, monsieur, qu'avant de répondre à votre lettre j'ai pris des renseignements sur vous auprès de l'ambassade de Russie, à Paris. Ils se sont révélés excellents. Bonne famille, études solides au lycée de Tsarskoïe Selo, aucune infraction – même légère – aux lois et règlements en vigueur... Bref, un satisfecit sur toute la ligne. C'est ce qui m'a décidé. Vous tombez à pic : je suis en train de mettre de l'ordre dans mes archives. Elles contiennent beaucoup de documents en russe. Vous sentez-vous capable d'en assurer la traduction ?

— Certainement, monsieur ! m'écriai-je.

— Nous allons voir cela tout de suite. Vous comprendrez que pour vous engager en connaissance de cause j'aie besoin d'avoir un aperçu de vos capacités. Voici un rapport de police, en russe, qui me vient de Saint-Pétersbourg. Voulez-vous me le traduire sur-le-champ, à livre ouvert ?

Il me tendit une feuille de papier couverte d'une écriture calligraphiée que je déchiffrai sans peine. Tout en lisant le document, j'en donnais la version française de vive voix, le plus fidèlement et le plus élégamment possible. Il vérifiait l'exactitude de mon interprétation d'après une autre traduction, dont il avait pris soin de se munir. Au bout de deux minutes, il m'interrompit :

— Parfait ! Mais ce n'est pas tout : je voudrais vous voir mettre cela par écrit.

Je m'exécutai. Tandis que ma plume courait sur la page blanche, je devinais son regard qui remontait de ma main à ma figure. Je n'en menais pas large. N'y avait-il pas dans mon attitude quelque chose qui lui avait mis la puce à l'oreille ? N'allait-il pas me renvoyer sous un faux prétexte ? Ne me faudrait-il pas, si près du but, chercher une autre solution ? Quand j'eus terminé mon pensum, il le lut, hocha la tête et laissa tomber :

— L'écriture est correcte et, pour autant que j'en puisse juger, votre connaissance des deux langues fera de vous un bon secrétaire. Je pense que nous saurons nous entendre. Si votre travail me donne satisfaction, j'aurai peut-être d'autres petites besognes à vous proposer...

A mesure qu'il parlait, je me rassurais. Tout allait bien. J'étais dans la place, heureux comme un pêcheur qui vient de ferrer le gros poisson dont il a longtemps rêvé. Surtout veiller à ce que le monstrueux brochet ne se détachât pas de l'hameçon. Agir progressivement, avec douceur, par petites secousses. Je n'avais pas emporté mon revolver pour la première entrevue. J'avais bien le temps d'abattre cet homme sans défense. Il expierait son crime au moment que j'aurais choisi. Ce délai de grâce, je l'emploierais à étudier le bougre afin de mieux le haïr. Oui, pour jouir pleinement de ma vengeance, il me fallait tout savoir de lui. Il me croyait à ses ordres et il était à ma merci. Existe-t-il un plus grand bonheur au monde que ce pouvoir de vie ou de mort sur un être qui se croit invulnérable et ne mérite aucun pardon. Tout bouillonnant de curiosité et d'impatience, je feignais une déférente attention à son discours :

— Je suppose qu'au début il vous suffira de venir ici deux après-midi par semaine, le mardi et le vendredi par exemple, dit-il. Après, nous verrons... Je vous installerai, parmi vos paperasses russes, dans une petite pièce attenante à mon bureau. Ainsi vous pourrez, en cas de besoin, me consulter directement sur telle ou telle affaire. Je vais vous montrer l'endroit.

Il se leva en s'appuyant des deux mains au bord de la table. Il était plus grand et plus robuste que moi. En cas d'altercation, il m'eût assommé d'un coup de poing. Nous traversâmes le bureau en marchant côte à côte. Le local qu'il me destinait était un réduit sans fenêtre, occupé, sur toute sa largeur, par une table en chêne ciré.

— C'est un peu spartiate, dit-il. Mais vous y serez tranquille pour vos écritures.

— Je ne pouvais souhaiter mieux ! répliquai-je avec empressement.

Nous retournâmes dans le bureau. Il se rassit

pesamment dans son fauteuil, tandis que je me posais de biais au bord du mien.

— Quand désirez-vous que je commence ? demandai-je.

— Mardi prochain, répondit-il sans hésiter.

Et il ajouta, clignant des yeux avec malice :

— Mais, cher monsieur Rybakoff, nous n'avons pas encore parlé de vos émoluments...

J'avais pensé à tout, sauf à cela. Etre payé par l'homme que je m'étais juré d'abattre ! Quelle farce sinistre du destin !... Pris à contre-pied, je balbutiai, sans oser regarder mon interlocuteur en face :

— Je... je ne veux rien, monsieur...

— Mais si ! Mais si ! s'exclama-t-il. Un garçon tel que vous ne vit pas uniquement de l'air du temps ! Toute peine mérite salaire !

— Pour moi, ce ne sera pas une peine, mais un plaisir...

— Taratata ! J'ai été jeune comme vous. Je sais l'importance de l'argent quand on a vingt ans !...

Cette allusion à sa jeunesse me rejeta vers la Russie, vers Pouchkine, vers le duel dans la neige. C'est vrai qu'il avait mon âge lors de ses premiers succès dans le monde. Un vertige me prit. Je restai un instant sans voix.

— Dix francs par séance, cela vous va ? reprit-il.

Je songeai qu'en m'obstinant dans le refus je risquais d'éveiller ses soupçons. Bon gré mal gré, je devais accepter la rétribution que m'offrait ma future victime.

— Ce sera... ce sera on ne peut mieux, murmurai-je en m'appliquant à sourire.

— Eh bien, affaire conclue ! dit-il rondement. Vous verrez, la maison est bonne. J'habite ici avec ma famille. Le premier étage est mon domaine. Le deuxième et le troisième sont réservés à mes enfants et à mes petits-enfants. Une nombreuse nichée. Cela met de la gaieté entre ces murs un peu froids. Tout le monde s'aime ici. Les petits ne sont guère envahissants. Ils ne nous dérangeront pas. Bienveillance et discipline, telle est ma devise...

Manifestement, il se racontait avec plaisir. Toujours cet accent alsacien qui ajoutait une sorte de cordialité provinciale à ses propos. Je devinais en lui un bon vivant, aimant la table et le vin, les honneurs et le confort, l'ordre et la famille. Carré dans son fauteuil à haut dossier, il ne siégeait pas, il trônait. Le contentement de soi élargissait sa figure. S'il avait su qu'en m'engageant il avait signé son arrêt de mort !... Soudain, fronçant les sourcils, il grommela :

— Je ne vous ai pas interrogé sur vos opinions politiques. Je présume qu'elles sont saines, puisque à l'ambassade de Russie personne n'a émis la moindre réserve à ce sujet...

— Je suis entièrement dévoué à la cause de notre tsar bien-aimé, dis-je avec détermination.

En l'occurrence, je ne mentais pas.

— Fort bien, marmonna-t-il. Mais, en France, les esprits sont plus agités que dans votre pays. Malgré toutes les bontés de Napoléon III pour son peuple, un vent de fronde souffle sur la jeunesse. On murmure, dans les cafés et les salles de rédaction, on échafaude d'absurdes projets démocratiques. C'est une maladie très française, dont je vous conseille de vous méfier si vous voulez garder la confiance des gens en place et particulièrement la mienne.

— Je n'ai nulle envie de prêter l'oreille aux propos des trublions de bazar ! assurai-je.

Et je pensai, avec un serrement de cœur, à mon cher Daniel des Roches.

— Ils sont légion ! reprit Georges d'Anthès. Depuis quelque temps, Sa Majesté s'est attendrie à leur égard. Les journaux libéraux prolifèrent. On ose critiquer à haute voix l'ordre établi. J'aurais souhaité que notre souverain fût plus énergique, face à ces bavards impénitents. Son indulgence naturelle l'empêche de sévir, la police relâche sa surveillance et la masse en profite pour s'encanailler !

Tout à coup, l'homme politique pointait sous mes yeux derrière le grand-père gâteau. Que l'être humain était donc complexe ! Qui était le vrai baron Georges d'Anthès ? Celui qui, revenu de tout, s'était fait construire un hôtel particulier avenue Montaigne et y régnait avec bienveillance sur une opulente tribu, ou celui qui, dévoré d'ambition, hantait les couloirs du Sénat et donnait à Napoléon III des conseils de fermeté despotique ? Combien de masques faudrait-il lui arracher avant de découvrir son visage réel ?

Il parla encore quelque temps du déplorable glissement de l'Empire vers un régime de paternelle compréhension à l'égard de ceux qui pourtant pariaient sur sa ruine. J'abondai dans son sens et il en parut ravi. Enfin, fatigué de pérorer devant un si mince auditoire, il agita une clochette d'argent et le valet de chambre aux favoris de bandit calabrais reparut sur le seuil. Je pris congé de Georges d'Anthès en le remerciant de son accueil exceptionnellement aimable. Nous nous serrâmes la main. J'étais confus de le voir si jovial. Il me sembla que je l'eusse préféré plus réservé, voire même nettement désagréable. A coup sûr, cela eût facilité ma mission. Une fois dans la rue, je me demandai où aller et que faire ? Ma vie n'aurait pas de sens, pensai-je, jusqu'au mardi suivant !

De retour dans ma chambre, j'écrivis encore en Russie, à la confrérie lycéenne des anneaux de fer. Je leur vantai les beautés architecturales de Paris, alors que je les avais à peine aperçues, et ne fis aucune allusion à l'homme pour lequel j'étais venu en France. Le sentiment de ma solitude et de mon secret me grandissait à mes propres yeux. Le temps d'un soupir, l'envie me traversa d'aller retrouver Adèle, au bal Mabille. Cela m'eût changé les idées. Mais tout ce qui m'éloignait de d'Anthès était un crime de lèse-majesté par rapport à mon noble dessein de venger Pouchkine. Je me comparais à ces moines illuminés pour lesquels le renoncement porte en lui-même sa récompense. N'était-ce pas en disant « non » le plus souvent possible aux tentations que l'homme de qualité donnait toute sa valeur au « oui » final ? Pour me regaillardir, je revins au poème de Pouchkine et en récitai encore une strophe déterminante :

Alors que le tonnerre de Zeus fait silence,
Alors que le glaive de la Loi sommeille,
Toi [poignard], instrument de malédiction et
[d'espoir,
Tu te caches dans l'ombre du trône
Et sous l'éclat des vêtements de fête[1].

Je terminai ma soirée assis seul, à une table, dans une gargote.

1. Pouchkine : *Le Poignard.*

V

Très vite, je pris mes habitudes dans la maison de Georges de Heeckeren d'Anthès. Je m'y rendais comme convenu, deux fois par semaine, à trois heures de l'après-midi, et le valet de chambre au faciès rogue me conduisait à ma turne, où des piles de papiers attendaient d'être inventoriés et traduits. C'étaient, pour la plupart, des documents en russe sans grand intérêt. Les uns avaient trait au passé militaire de mon hôte, les autres provenaient des archives de son père adoptif, le baron Jacob Théodore Van Heeckeren, présentement ambassadeur plénipotentiaire des Pays-Bas à Vienne. Je transposais de mon mieux, en français, cette morne prose administrative. De temps à autre, Georges d'Anthès entrait à l'improviste et jetait un coup d'œil sur mon travail. Il en était toujours satisfait. Je recevais ses compliments avec un étrange plaisir. Comme si mon avenir était dans le secrétariat et qu'il fût indispensable pour moi de contenter ce type avant de lui loger une balle dans la tête. Nous avions parfois, face à face, de courts moments d'abandon. Il me parlait de tel incident de séance au Sénat, et moi de certaines impressions que j'avais recueillies lors de mes promenades parisiennes. Mais là se bornaient nos échanges de confidences. Après m'avoir gratifié de quelques mots bienveillants, il retournait dans son bureau et fermait derrière lui la porte de communication matelassée de cuir.

A quatre heures et demie, sa gouvernante, Mlle Isabelle Cornuchet, m'apportait un plateau avec théière, tasse, sucrier, confiturier et tranche de kouglof. Je découvrais à la fois cette pâtisserie alsacienne et la jeune femme charmante, modeste et énergique qui tenait l'intérieur du baron. Elle pouvait avoir trente-cinq ans et avait été l'institutrice de l'aînée des filles de Georges d'Anthès, Mathilde Eugénie, avant d'accéder aux hautes fonctions d'intendante. Tout en elle était gris perle, sa robe, la fanchon de dentelle qui couvrait ses cheveux blond cendré, son visage aux traits fins, son regard timide et, oserai-je le dire, sa voix au timbre étouffé. Elle s'attardait volontiers dans mon antre. Visiblement, je lui inspirais de l'estime et de la sympathie. Mais il ne lui serait pas venu à l'idée de s'asseoir. Elle restait debout pendant que j'avalais mon thé brûlant et ma part de brioche parfumée. Entre deux bouchées, je l'interrogeais, avec une feinte négligence, sur la personnalité et la vie de Georges d'Anthès. Dès qu'elle parlait de lui, sa figure s'animait. Elle me confia ainsi qu'il était la bonté même et que, à Soultz, cette ville d'Alsace dont il était le maire, il secourait les indigents et faisait des dons à l'église et à l'hôpital, qu'enfin il avait largement contribué à l'instauration du Second Empire, ce qui lui avait valu un siège au Sénat, le grade de commandeur dans la Légion d'honneur et l'amitié de Napoléon III, mais qu'il travaillait trop, s'occupant à la fois des affaires de l'État et des siennes propres, et qu'il avait éprouvé un chagrin immense à la mort de sa femme, Catherine, la sœur de Nathalie Pouchkine, en octobre 1843.

— Elle a succombé à une fièvre puerpérale en donnant à Monsieur le baron le fils qu'il attendait après trois filles, dit-elle. Sa fin a été celle d'une sainte. Elle ne se plaignait pas. Elle pleurait et priait. Monsieur le baron ne l'a jamais oubliée. Non seulement il ne s'est pas remarié, mais aucune femme n'a plus retenu son attention. Son deuil l'a transformé, régénéré...

— Avez-vous connu feu Madame d'Anthès ? demandai-je.

— Malheureusement non : je n'ai été engagée par Monsieur le baron qu'en 1855, mais j'ai beaucoup entendu parler d'elle. Tout le monde, ici, vénère sa mémoire !

— Savez-vous si elle était restée en rapport avec sa sœur Nathalie, la veuve de Pouchkine ?

— Je ne le crois pas... Mais je puis me tromper... Monsieur le baron ne fait jamais allusion à ce qui s'est passé pour lui, autrefois, en Russie... Une si sombre histoire !...

Je craignis d'éveiller ses soupçons en insistant davantage. La dévotion de Mlle Isabelle Cornuchet envers son patron me paraissait à la fois touchante et ridicule. N'avait-elle d'autre intérêt dans la vie que le service de ce vieillard proche de la soixantaine, égoïste, repu et pontifiant ? Manifestement, sa seule famille était celle qui bourdonnait du haut en bas de l'hôtel particulier de l'avenue Montaigne. Elle couchait ici, mangeait ici, travaillait et respirait ici, du matin au soir, sans mettre le nez dehors autrement que pour promener les marmots. Elle devait conserver dans sa tête le compte des caleçons et des chaussettes de Georges d'Anthès, la date et l'heure de ses rendez-vous, le nombre de gouttes à lui administrer en cas de malaise. Je voyais en elle l'employée idéale. Mais n'étais-je pas, moi aussi, un employé ? Seulement, moi, je rêvais d'un meurtre rituel, alors qu'elle rêvait de bonne soupe, de courbettes et de pantoufles.

La vérité m'oblige à reconnaître que, toute mon attention étant concentrée sur Georges d'Anthès, je ne me souciais guère de ses enfants et petits-enfants qui logeaient dans les étages supérieurs. Ils formaient pour moi une entité sans contours précis et presque sans existence réelle. Je savais que Georges d'Anthès dînait avec eux tous les jeudis et tous les samedis, j'avais vu plusieurs photographies de mioches en bas âge, dans des cadres de bronze, sur sa table de travail. Mais je ne souhaitais ni faire la connaissance de cette smala ni même en entendre parler. Certains après-midi, alors que je travaillais dans l'atmosphère confinée de mon réduit à la lueur d'une lampe à pétrole, des rires clairets, un bruit de galopade dérangeaient le cours de mes pensées. J'aurais pu sortir de ma cambuse pour rencontrer la progéniture de Georges d'Anthès. Je n'en éprouvais pas le besoin. Loin de m'intriguer, de m'attirer, cette marmaille m'importunait par sa seule présence, dont les échos joyeux traversaient murs et parquets. Je préférais les ignorer. J'aurais voulu que ma future victime n'eût pas de famille.

Un soir, ayant pris congé de Georges d'Anthès, je me trouvai nez à nez, dans l'antichambre, avec une jeune femme assez avenante tenant un petit garçon par la main. La jeune femme esquissa un sourire en inclinant la tête. Je répondis de même et me hâtai vers la sortie. J'avais eu le temps de noter que la mère et l'enfant étaient en grande toilette. Sans doute se rendaient-ils en visite chez des gens du meilleur monde. La mère portait, sur sa robe à tournure, un manteau vague de velours grenat à garniture de jais ; une capeline de soie vert foncé à brides, alourdie de rubans, emboîtait sa tête. La tenue du bambin était aussi recherchée. Il était affublé d'un costume écossais, avec kilt, toque agrémentée d'une plume et plaid sur l'épaule. Leur fraîcheur à tous deux me serra bizarrement la poitrine. Comme si, bien que je ne les connusse point, je les avais, je ne sais comment, offensés. Rentré chez moi, je ne pus effacer de ma mémoire le souvenir fugitif et gracieux de cette rencontre. Pour ma tranquillité d'esprit, j'espérai qu'elle ne se renouvellerait pas trop souvent.

A quelque temps de là, alors que, tapi dans ma niche, je triais les archives du vieux baron Jacob Van Heeckeren, l'ambassadeur, des éclats de voix me parvinrent du bureau voisin. Georges d'Anthès était en discussion avec un de ses collègues du Sénat, M. de Mondeville. Collant mon oreille au battant de la porte, je ne tardai pas à comprendre qu'ils s'affrontaient au sujet d'une disposition sur la presse, qui avait été votée l'année précédente, et dont le baron souhaitait la révision. Il vitupérait les journalistes qui, à tout propos, mettaient leur grain de sel dans l'analyse des débats politiques. A son avis, le devoir des gazettes était de rendre compte, non de commenter, encore moins de critiquer. Toute atteinte à la pensée de l'empereur était un crime contre la

France. Puis ils débattirent d'un projet de loi sur la suppression du livret pour les ouvriers et commentèrent les résultats des dernières élections législatives qui leur paraissaient, à l'un et à l'autre, annonciatrices d'une recrudescence d'activité des « candidats de la misère ». J'entendais à peine M. de Mondeville, mais la voix de Georges d'Anthès sonnait comme une trompette. Soudain il cria si fort que ce fut comme si la porte de communication entre nos deux pièces venait de s'ouvrir sous une poussée de vent :

— Avouez, mon cher Mondeville, que Sa Majesté lâche trop de lest, ces derniers temps ! Il ne faut pas exagérer les souffrances du peuple. Tout le monde, ou peu s'en faut, a, en France, de quoi manger et sur quoi dormir. Simplement, certains lits sont plus moelleux que d'autres et les plus démunis n'ont pas toujours de beurre à étaler sur leur pain. Mais l'inégalité est dans la nature. Il n'y a pas là matière à révolution !...

Cette fois, M. de Mondeville haussa le ton à son tour, pour approuver son interlocuteur. Ensuite, ils chuchotèrent. Saisissant un mot par-ci, par-là, je devinai que les deux hommes se félicitaient de l'élection de M. Rouher à la présidence du Sénat, déploraient le décret d'amnistie pour les crimes et délits politiques, applaudissaient à la cérémonie d'inauguration du canal de Suez et louaient le pape pour ses fréquentes réaffirmations de l'autorité de l'Eglise et pour sa condamnation du socialisme.

On était loin de Pouchkine. La terre continuait à tourner comme s'il n'avait jamais existé. Moi seul refusais d'oublier sa fulgurante trajectoire parmi nous. Alors que, pour la plupart de mes contemporains, les petites satisfactions du présent effaçaient les grandes douleurs du passé, je m'obstinais à vivre aux côtés d'un spectre. Ils ne prêtaient l'oreille qu'au tintamarre du monde, tandis que, par-dessus ce vain concert, j'entendais la voix du poète qui criait vengeance. Fidèle à un tombeau, je me sentis anachronique et fier de l'être.

Enfin, M. de Mondeville s'en alla. Georges d'Anthès entra dans mon bureau. Il était de joyeuse humeur. Cette conversation avec son collègue du Sénat l'avait ragaillardi.

— Un excellent homme, dit-il. L'esprit clair et le sang chaud. Mais un peu timide pour mon goût quand il s'en prend à l'indulgence systématique du gouvernement. Vous auriez été certainement intéressé par notre échange de vues au sujet du paupérisme... Montrez-moi votre travail...

Je lui remis quelques feuillets qu'il parcourut du regard en marmonnant :

— Bien, bien...

Il me semblait que j'avais fait, en cinq minutes, le tour du bonhomme : un réactionnaire indécrottable, un dur à cuire, ennemi de toute liberté et toute innovation. Plus impérialiste que l'empereur Napoléon III. Mais pouvais-je l'en blâmer, moi qui venais d'un pays où l'ordre avait le visage moustachu du gendarme ? Par atavisme et par tradition, nous avions l'habitude, nous autres Russes, de ne pas discuter les décisions d'en haut.

Soudain, levant les yeux au plafond, Georges d'Anthès soupira :

— Je me demande si je ne devrais pas songer dès maintenant à rédiger mes Mémoires... J'ai tant d'événements à raconter, tant de points à éclaircir, tant de grandes figures à évoquer !

— Ce serait passionnant ! m'écriai-je avec une servilité qui me choqua.

— Oui, reconnut-il en riant. Mais quel travail de titan ! Mes journées sont déjà assez remplies comme cela ! Si je me décidais, j'aurais recours à vos services pour rassembler et préparer ma documentation.

— Je m'y emploierais avec joie ! assurai-je.

Et, à part moi, je songeai : « S'il veut tout dire, il sera forcé de parler de Pouchkine, de Nathalie, des lettres anonymes, du duel. Mon acte de justicier n'en aura que plus de mérite et plus d'éclat !... » Il reposa les papiers sur ma table, tourna les talons et ajouta par-dessus son épaule :

— Nous n'en sommes pas encore là ! Bonsoir !

Quand il fut sorti, je restai un instant décontenancé par l'hypothèse de cette collaboration aussitôt démentie. J'allais partir à mon tour, lorsque Mlle Isabelle Cornuchet se faufila dans mon réduit. Elle m'apportait un paquet avec une portion de kouglof pour agrémenter mon petit déjeuner du lendemain.

— Je sais que vous aimez ça ! dit-elle en baissant les yeux. Alors, j'ai pensé...

Je la remerciai et elle poursuivit, en s'animant à mesure :

— Vous êtes si mal installé, ici !... Vous manquez d'air !... Vous ne voyez pas la lumière du jour !... C'est inhumain !... Je me demande si vous ne seriez pas mieux au premier étage... Il y a une chambre libre là-bas, à côté de la chambre des enfants... Une chambre très agréable, très claire... Je peux en parler à Monsieur le baron...

— Surtout pas ! protestai-je. Je veux rester tout près de son bureau, tout près de lui... Par... par commodité... Cette proximité est indispensable à la bonne exécution de mon travail...

— Vous êtes quelqu'un de très sérieux, de très sûr, monsieur Rybakoff ! observa-t-elle. Je vous félicite !

Elle me regardait droit dans les yeux, profondément, comme si elle m'était reconnaissante de mon attachement à Georges d'Anthès. Cette gratitude la rendait jolie, malgré les petites rides de ses paupières et son teint fané. Nous n'avions plus rien à nous dire. Cependant, elle hésitait à repasser la porte. Sans doute avait-elle l'impression de communier avec moi dans le respect du maître. Une telle erreur d'appréciation m'indisposait et m'apitoyait tout ensemble à son égard. Enfin elle chuchota :

— Je me sauve !

Et elle s'éclipsa, grise et légère, telle une souris qui regagne son trou après une incursion dans le monde des hommes. A dater de ce jour, j'eus droit chaque soir à une tranche de kouglof à emporter pour mon petit déjeuner du lendemain.

Une semaine plus tard, alors que je me trouvais dans le bureau de Georges d'Anthès pour lui soumettre la traduction de quelques articles découpés dans des journaux russes, le valet de chambre annonça l'inspecteur de police Vaucourt. En entendant les mots « inspecteur de police », je tressaillis, saisi d'une sourde inquiétude. Georges d'Anthès, qui visiblement attendait cette visite, me dit de l'air le plus naturel :

— Je vous prie de me laisser.

Et, s'adressant à son valet de chambre, il ordonna :

— Faites entrer M. Vaucourt.

Je retournai dans mon coin, la peur au ventre. La police n'avait-elle pas été avertie – mais par qui ? – de mes intentions secrètes ? N'allait-on pas m'arrêter avant même que j'eusse accompli mon forfait ? Brusquement, je me sentis très seul et très vulnérable, face à l'énorme appareil gouvernemental de répression. Tous les argousins de Paris devaient être à mes trousses. Dès que j'aurais franchi le seuil de ma cambuse, on me mettrait la main au collet. Je finirais mes jours dans un cachot, sans même la consolation d'avoir préalablement abattu Georges d'Anthès. Au vrai, je m'étais préparé à cette éventualité. Mais je ne l'envisageais qu'une fois l'attentat perpétré. La captivité ne m'effrayait pas. Ni la guillotine. L'imminence de la mort était devenue ma principale raison de vivre. D'ailleurs, avec un bon avocat, la peine capitale me serait évitée. Ne l'avait-elle pas été pour ce Polonais, Bérezowski, qui avait tenté de tuer le tsar en visite à Paris ? Entre un empereur et un sénateur, la balance n'était pas égale. L'indulgence du jury m'était dès à présent acquise. Il y aurait même, sans doute, une remise de peine pour bonne conduite. Puis, après quelques années d'incarcération point trop dures, ce serait le retour glorieux en Russie. Aux yeux de mes compatriotes, j'aurais la double auréole du héros et du martyr. Encore fallait-il que j'eusse réussi mon coup. Et l'arrivée inopinée de cet inspecteur Vaucourt risquait de m'ôter toute possibilité de m'illustrer pour les siècles à venir.

Son entretien avec Georges d'Anthès se prolongeait dangereusement. Je n'entendais rien à travers la porte. Mon sort se jouait à deux pas de moi, et je n'avais aucun moyen d'intervenir pour conjurer le désastre. Cette boîte étouffante, où je végétais parmi la paperasse, était un piège à rats. Je n'en sortirais que les menottes aux poignets. Mon cœur flanchait. Mon front se couvrait de sueur. Dans ma panique, je songeai à fuir par l'autre porte, celle qui donnait sur le couloir. A l'instant où j'allais l'ouvrir Mlle Isabelle Cornuchet entra avec son plateau. C'était l'heure du thé. Je bredouillai que je n'avais pas soif, que je n'avais pas faim, que j'étais obligé de partir.

— Vous êtes souffrant ? demanda-t-elle.

— Non, non... Simplement, je suis pressé... J'ai... j'ai un rendez-vous...

Je devais avoir l'air égaré, car elle insista :

— Attendez un peu... Monsieur le baron n'en a plus pour longtemps... L'inspecteur Vaucourt est venu le voir au sujet de notre cocher qui a été interpellé par la police, hier, lors d'une rixe devant le théâtre du Palais-Royal...

Le relâchement de mes nerfs fut si soudain que je demeurai pendant trois secondes muet, pantelant et béant. Fausse alerte. Mes chances étaient intactes. La vie casanière et douce pouvait reprendre. J'eus envie d'embrasser Mlle Isabelle Cornuchet pour ses bonnes paroles. Elle me souriait, innocente, égale à elle-même. Je lui enlevai le plateau des mains et me rassis à ma table pour l'habituelle collation. Elle me couva du regard pendant que je me restaurai. Je pensais à ma mère. Même douceur de geste, même simplicité de cœur. J'avais les larmes aux yeux.

A peine avais-je fini mon thé et mon kouglof que Georges d'Anthès m'appela. L'inspecteur Vaucourt venait de partir. La voie était libre. Selon l'usage établi, je présentai mon travail au baron. Il écarta le dossier d'une main molle et dit :

— Je suis fatigué... Nous verrons cela vendredi prochain... D'ailleurs, je vous fais confiance : ce doit être impeccable, comme d'habitude !

Le mot « confiance » me transporta. Je sortis du bureau dans une humeur de fête. Mlle Isabelle Cornuchet me rattrapa dans le vestibule. Comme il s'était mis à pleuvoir, elle me prêta un parapluie.

VI

Il n'est pas rare que, dans la vie d'un homme attentif au déroulement de ses jours, les périodes d'accalmie présagent une surprise désagréable. Alors que je m'étais habitué peu à peu à la routine de mon secrétariat auprès du baron Georges d'Anthès, ce fut un enfant qui bouleversa mon engourdissante quiétude. Je n'ai pas oublié ses prénoms, malgré les années : Marie, Frédéric, Charles. Je l'avais croisé naguère, habillé en Ecossais, dans le vestibule. Sa mère le tenait serré contre ses jupes. Il était mignonnet et pouvait avoir trois ou quatre ans. Soudain, la nouvelle s'était propagée du haut en bas de l'hôtel particulier, comme un roulement de tonnerre. Frédéric-Charles était tombé malade. On avait cru d'abord à un banal refroidissement. Mais le médecin, appelé aussitôt, parlait d'une pneumonie.

Georges d'Anthès avait annulé tous ses rendez-vous. Dix fois par jour, il grimpait au troisième étage pour prendre des nouvelles du petit. Quand il revenait dans le bureau, j'avais pitié de sa mine défaite. Un soir, comme je m'apprêtais à partir, il m'annonça, en se laissant choir dans son fauteuil :

— Les deux poumons sont pris... Il va de plus en plus mal... La fièvre ne baisse pas... Je m'attends au pire !...

Le désespoir que je lus sur ce vieux visage ravagé me serra le cœur. J'avais beau me préparer cyniquement à supprimer Georges d'Anthès, je ne pouvais m'empêcher de le plaindre parce qu'il souffrait à cause d'un enfant. L'idée que le meurtrier de Pouchkine était capable de sentiments humains me dérangeait dans ma haine. J'aurais voulu qu'il fût un bloc de défauts. Seul un monstre intégral pouvait me renforcer dans ma décision. Mais les monstres n'existent que dans l'imagination des romanciers. La vie nous apprend à détester ou à aimer des gens qui ne sont ni totalement détestables ni totalement aimables. La jeunesse méprise le juste milieu, l'âge mûr en fait son ordinaire. Devant ce grand-père au bord des larmes, la bouche molle, la barbiche déviée, je murmurai la litanie des exhortations inutiles :

— Vous avez tort de vous inquiéter ainsi... La

médecine fait des prodiges... Votre petit-fils guérira...

— Vous ne savez pas ce que vous dites, mon cher Rybakoff, grommela-t-il. Frédéric-Charles est perdu ! Le docteur Floch ne l'avoue pas... Mais je l'ai deviné à son regard, tout à l'heure...

— Est-il vraiment très compétent, ce docteur Floch ?

— C'est notre médecin de famille... Il suit Frédéric-Charles depuis sa naissance...

— Peut-être faudrait-il viser plus haut ?

— Oui, bien sûr... J'ai pensé à Culiez, que je connais et qui est membre de l'Académie de médecine... Une sommité... Mais il est vieux... Il ne se dérange jamais...

Un cri s'échappa de ma poitrine :

— Je vais aller le chercher !

Pourquoi avais-je fait cette proposition insolite ? A quoi bon m'attendrir sur les angoisses d'un Georges d'Anthès ? Avait-il eu le moindre débat de conscience, la veille de sa rencontre sur le terrain avec Pouchkine ? S'était-il demandé s'il avait le droit, lui un freluquet, de tirer avec une froide détermination sur le plus grand poète de Russie ? Il ne fallait surtout pas que l'aïeul malheureux me fît oublier le jeune et arrogant duelliste. Trente années de vie paisible et prospère ne suffisent pas à effacer toutes les taches d'une âme.

Je me le répétai, tandis que Georges d'Anthès me remerciait avec effusion :

— Oui... Allez voir Culiez... Je vais écrire un mot... Vous le lui remettrez... Dites-lui bien que c'est une question de vie ou de mort... Insistez, insistez... Il vous écoutera !...

Son imploration était si misérable que j'hésitais entre la répugnance et la compassion. Je regrettais d'avoir fait cette offre et, en même temps, j'étais heureux d'en avoir eu l'idée. Comme si on pouvait à la fois vouloir secourir son prochain et souhaiter sa perte. Il griffonna quelques lignes sur une carte de visite, cacheta l'enveloppe avec son sceau et s'écria :

— Filez, mon bon !... Vite, vite !... Tout mon espoir est en vous !...

Je partis avec cette phrase ambiguë pour viatique. L'ironie involontaire de la formule me divertit tout au long de mon trajet. Georges d'Anthès avait mis sa calèche à ma disposition. Le docteur Culiez habitait dans le nouveau quartier de la plaine Monceau. C'était un personnage corpulent, barbu et portant lunettes, dont le regard incisif avait le luisant d'un scalpel et le sourire, la douceur lénifiante d'une compresse d'eau tiède. Malgré l'heure tardive – sept heures du soir –, il me reçut, m'écouta et accepta de m'accompagner. Je me dis que, si Frédéric-Charles n'avait pas été le petit-fils d'un sénateur, il ne se serait probablement pas dérangé.

Bien entendu je n'assistai pas à l'auscultation du gamin malade, mais quand Georges d'Anthès reparut dans le bureau il n'était guère rassuré. Le docteur Culiez avait approuvé, dans l'ensemble, le traitement prescrit par son confrère : diète, laxatifs, sinapismes. Il y avait simplement ajouté une potion à base d'opium pour apaiser les crises d'étouffement. Selon lui, la fluxion de poitrine allait évoluer vers une amélioration notable dans les tout prochains jours.

Il avait vu juste. Bientôt, le pouls de Frédéric-Charles redevint normal, sa douleur au côté disparut, sa respiration se dégagea. Il toussait moins et ne se plaignait plus que d'une grande faiblesse. Georges d'Anthès reprenait goût à l'existence en même temps que son petit-fils et affirmait à tout un chacun que j'étais à l'origine du miracle :

— Sans vous, disait-il, je n'aurais pas pensé à Culiez ! C'est lui, avec sa mixture à l'opium, qui l'a sauvé !

Peu avant Noël, Frédéric-Charles fit les premiers pas hors de sa chambre. Il avait grandi. Tous ses vêtements étaient trop courts. Une couturière se précipita. Georges d'Anthès jubilait. Il avait rajeuni de dix ans. Pour célébrer les relevailles du malade, il donna un déjeuner d'apparat. J'y fus exceptionnellement invité. Plongé pour la première fois en plein cœur de la famille, je feignis de partager l'allégresse générale. En vérité, ma curiosité était telle que j'en oubliais de manger. Certes, j'étais assis au bout de la table et personne ne m'adressait la parole. Mais je faisais quand même partie du clan. Un clan considérable à tous les points de vue. Il y avait là l'aînée des filles de Georges d'Anthès, Mathilde Eugénie, et son mari, le général Metman, à l'uniforme chamarré, sa deuxième fille, Berthe Joséphine, épouse du comte Jacques Pierre Louis Edouard de Vandal, directeur attitré des Postes, sa troisième fille, Léonie Charlotte, célibataire, mais dame d'honneur de l'impératrice, son fils enfin, Louis Joseph, revenu blessé de la campagne du Mexique et qui, rayonnant d'aisance et de bonhomie, dominait le bavardage de sa voix claironnante. Tout cela était solide, carré, doré sur tranches, inattaquable. Une famille à citer en exemple dans les manuels de savoir-vivre. Le meurtrier de Pouchkine et la belle-sœur de Pouchkine avaient fait ensemble de superbes enfants. Et ceux-ci, à leur tour, avaient procréé dans la joie. Moi qui suis fils unique, j'enviais cette assemblée nombreuse et prospère. Le succès de Georges d'Anthès s'étalait ici avec une insolence qui forçait mon admiration et attisait mon ressentiment. Je me sentais, en cette compagnie fastueuse, tel un ver dans un fruit.

Comme de juste, la dernière couvée mangeait dans une pièce voisine. On entendait de temps à autre des rires puérils qui ajoutaient au charme de la réunion des parents. Trois laquais officiaient dans la vaste salle à manger aux lambris de chêne clair et à la nappe de dentelle, chargée de porcelaine et d'argenterie. Le dessert fut un énorme gâteau débordant de crème. Georges d'Anthès le découpa lui-même, avec une dextérité qui fut applaudie. Quand les grands eurent été servis, un valet alla présenter une pâtisserie identique aux enfants. On but du vin d'Alsace en quantité. Il était trois heures et demie lorsque les convives se levèrent de table.

Une heure plus tard, Isabelle Cornuchet m'apporta le thé rituel dans mon placard. Je refusai le kouglof, car le gâteau du festin m'était resté sur l'estomac, mais bus avidement le thé. Elle me demanda :

— Alors, ce repas, comment était-ce ?

— Délicieux et très sympathique, dis-je.

Et j'ajoutai, par politesse :

— J'ai regretté votre absence !

Elle me lança un regard éperdu de gratitude et de soumission :

— Je n'y aurais pas été à ma place !... J'ai déjeuné à côté, avec les enfants... J'espère que leur tumulte ne vous a pas trop dérangé !... Ils étaient si excités !... Je n'arrivais pas à les faire taire !...

En tout cas, Monsieur le baron et toute la famille vous ont adopté !... C'est merveilleux !...

Je la considérai avec une tendresse nouvelle. A elle seule, elle valait mieux que la clique de ces d'Anthès, de ces Metman, de ces Vandal qu'elle mettait si haut. Son dévouement à leur service, au lieu de l'abaisser, la grandissait à mes yeux. J'étais sûr que Pouchkine l'eût aimée. Et elle ne s'en rendait pas compte.

— Ils ont bien de la chance de vous avoir ! dis-je à mi-voix.

Elle rentra la tête dans les épaules et se dépêcha de partir.

Le dimanche suivant, j'eus la curiosité de me rendre à l'église Saint-Philippe-du-Roule, où je savais que Georges d'Anthès accomplissait d'habitude ses dévotions. Quelle différence avec notre église Saint-Alexandre-Nevski, de la rue Daru, récemment consacrée ! Chez nous régnait une atmosphère patriarcale et, en quelque sorte, primitive. Ici, tout était splendide, froid et bien organisé. Une assemblée élégante se pressait dans la nef. On y faisait assaut de belles toilettes. La piété et la mode allaient de pair. Toute la famille d'Anthès, grands et petits, s'était dérangée. Ils occupaient les premières travées, si bien que, relégué au fond, je ne les voyais guère par-dessus les rangées de têtes. J'imaginais que Georges d'Anthès priait avec élan. Mais il ne devait sûrement pas demander à Dieu de lui pardonner la mort de Pouchkine. S'il élevait son âme au ciel, c'était pour solliciter la montée des cours de la Bourse.

La messe catholique, que j'entendais pour la première fois, me parut plus policée et moins fervente que la messe orthodoxe. Les sons, même harmonieux, de l'orgue ne pouvaient à mon avis remplacer le doux tonnerre des voix humaines chantant la gloire du Seigneur. Le fait que, contrairement à notre usage, il y eût des chaises pour les fidèles et qu'ils obéissent au tintement d'une clochette pour s'agenouiller me semblait scandaleusement confortable. Soudain, j'eus la conviction qu'il y avait deux dieux, l'un français, plein de tolérance mondaine, qui voulait tout ignorer du drame de Pouchkine, l'autre russe, barbare, jaloux, despotique, qui siégeait rue Daru et m'ordonnait de frapper fort. Je sortis avant les ultimes rites de l'office pour éviter d'avoir à livrer à Georges d'Anthès mes impressions sur la sage liturgie catholique.

Les derniers jours de décembre se déroulèrent sans incident notable. En me payant à la fin du mois, Georges d'Anthès ajouta ce qu'il appelait « une gratification pour loyaux services ». Isabelle Cornuchet eut droit, elle, à une « prime de fidélité ». Je reçus mon cadeau avec gêne, mais affichai la reconnaissance servile qui est de mise en pareil cas. Et, le lendemain, 1er janvier 1870, je me présentai, dès le matin, pour offrir mes vœux à mon généreux employeur.

Il y avait foule dans l'antichambre : faux amis, vagues obligés, fournisseurs de tout poil s'empressaient de témoigner leur sympathie au maître de maison. A chaque instant, la sonnette de la porte d'entrée tintait. On apportait des paquets, des cartes de visite, des fleurs. Décidément, cet homme était aimé de tous, sauf de moi. Et pourtant il s'était toujours montré à mon égard d'une paternelle bienveillance. C'était un autre, à travers moi, qui le condamnait sans recours. Un autre dont le seul nom excuserait, le moment venu, mon geste de justice. On faisait la queue pour entrer dans son bureau. Quand vint mon tour, il se leva et s'avança vers moi, les mains tendues. Je bredouillai :

— Permettez-moi de vous présenter mes meilleurs vœux pour la nouvelle année !

Sinistre mensonge, qu'il accueillit avec un sourire d'une crédulité désarmante.

— Je vous souhaite, moi aussi, une pleine réussite dans vos entreprises, dit-il avec entrain.

Le malheureux ne se doutait pas que la seule « entreprise » qui me tînt à cœur était sa mise à mort. Il rayonnait d'une affabilité seigneuriale en me secouant les mains. Nous parlâmes encore de la pluie et du beau temps, puis je cédai la place à un autre visiteur.

Je passai la soirée avec Daniel des Roches au bal Mabille. Mais Adèle n'y était pas. Sans doute se trouvait-elle déjà en mains. De retour chez moi, j'écrivis à ma mère pour lui exprimer mon amour et mes vœux. De lettre en lettre, elle me pressait de partir pour Nice et, de lettre en lettre, je lui assurais que je ne tarderais pas à le faire, mais que je me sentais parfaitement bien à Paris et que j'y avais noué de précieuses relations.

Le lendemain, je fus victime d'un accident stupide dont je craignis, sur le moment, qu'il ne compromît toute ma stratégie. Comme je sortais de chez moi pour aller à mon travail, les chevaux d'un fiacre lancés au galop me renversèrent. Des passants accoururent et m'aidèrent à me relever. Le cocher s'excusa : il n'avait pu retenir son attelage, car le pavé était glissant à cause de la gelée nocturne. J'éprouvais une sourde douleur à la hanche droite et je boitais fortement. Néanmoins je décidai de me rendre chez le baron qui m'attendait, comme d'habitude, à trois heures de l'après-midi. Un omnibus me transporta jusqu'aux Champs-Elysées. J'avais eu très peur à l'instant du choc : non d'être tué sur le coup, mais de mourir avant d'avoir pu remplir ma mission. Cette circonstance me fit voir le danger qu'il y avait à retarder, de jour en jour, l'exécution de Georges d'Anthès.

J'étais à la merci d'un malaise, d'une défaillance, et je me conduisais comme si j'étais invulnérable. Il fallait me hâter de choisir une date butoir.

Ce fut dans cet état d'esprit que j'arrivai au 27 avenue Montaigne. En apprenant ma mésaventure, Georges d'Anthès exigea que je me fisse examiner par le docteur Floch. J'eus beau protester, il l'envoya chercher, séance tenante, par Mlle Isabelle Cornuchet. J'avoue que je fus très touché par la sollicitude de mon hôte. Le médecin m'ayant palpé, retourné, ausculté, conclut que je souffrais de contusions multiples mais sans gravité et me prescrivit des pommades calmantes et un repos d'une semaine.

Je regagnai mon logis à regret et me consolai en lisant, pour la dixième fois, la fameuse lettre de Joukovski au père de Pouchkine, relatant l'agonie du poète. La presse de l'époque l'avait largement reproduite et nous l'avions recopiée au lycée en plusieurs exemplaires. J'avais emporté un de ces exemplaires à Paris, pour me fouetter le sang au cas où je sentirais ma résolution fléchir.

Le lendemain, je m'éveillai avec de telles courbatures que je compris la sagesse du docteur Floch, me recommandant de garder la chambre pendant quelques jours. Je finissais de me raser devant la glace lorsqu'on frappa à ma porte. Sans doute était-ce ma logeuse qui m'apportait, comme à l'accoutumée, ma collation du matin. J'ouvris et demeurai stupéfait devant Mlle Isabelle Cornuchet, de gris vêtue, avec une capeline mauve, des gants mauves et, à la main, un petit paquet. Elle était encore essoufflée d'avoir grimpé l'escalier. Ses joues étaient roses du froid de la rue. La hardiesse de sa démarche me déconcerta. Elle-même d'ailleurs semblait effrayée de se trouver là, seule, dans la chambre d'un célibataire.

— Je venais prendre de vos nouvelles, balbutia-t-elle. Comment allez-vous ?

— Un peu disloqué, mais vaillant, dis-je en avançant vers elle l'unique chaise de l'endroit.

Elle s'assit dans un ample mouvement de jupes et me tendit le paquet :

— Je vous apporte du kouglof.

— Il ne fallait pas ! m'écriai-je.

— Si... Si... C'est devenu une tradition entre nous, n'est-ce pas ? Une tradition à laquelle je tiens...

Et aussitôt, changeant de ton, elle insista, maternelle :

— Surtout n'oubliez pas les applications de pommade. Cela vous soulagera.

— Soyez tranquille ! dis-je. Je suivrai à la lettre les prescriptions du docteur Floch pour pouvoir retourner au plus vite avenue Montaigne !

— Oh ! oui, faites-le... Soyez raisonnable... Vous... vous nous manquez déjà beaucoup !...

Elle avait dit cela dans un souffle, en baissant les yeux. « Ma parole ! pensai-je, elle est amoureuse de moi ! » Cette constatation me flattait et m'embarrassait tout ensemble. Je trouvais Isabelle plutôt jolie et fort émouvante dans sa simplicité, j'avais envie de la serrer dans mes bras, je brûlais de cueillir sa respiration sur ses lèvres, mais, en même temps, je craignais de m'empêtrer dans une intrigue sentimentale, alors que je voulais avoir la tête libre pour mener à bien mon affaire d'honneur.

— Tenez, dit-elle, en ouvrant le paquet.

Je pris un morceau de kouglof. Dans ce geste, nos mains se touchèrent. Elle se mit à trembler. J'avais pitié d'elle et honte de moi. Je la détestais pour la tentation qu'elle représentait, assise, les jambes serrées, à deux pas de mon lit. Ah ! si j'avais pu m'abattre à ses genoux, lui crier mon secret, lui expliquer que je ne m'appartenais pas, que j'étais l'émissaire d'un mort, que ce mort était le génial Pouchkine, que je n'avais pas le droit de goûter aux joies terrestres tant que je ne l'aurais pas vengé, que j'étais ligoté par mon serment, que je la désirais, que j'étais malheureux, que j'étais seul, que j'étais fou, que j'étais Russe ! Pour me donner une contenance, je mâchai la pâtisserie fondante et douce, tandis qu'Isabelle me regardait avec passion. Cette situation ambiguë ne pouvait se prolonger. Le moindre mot, le moindre mouvement, risquait d'engager notre avenir à tous deux.

Isabelle se leva. Nous étions si près l'un de l'autre que je percevais la tiédeur de son visage. Mais Pouchkine était le plus fort. Avec un terrible élan de compassion et de cruauté mêlées, je pris les mains d'Isabelle, les effleurai d'un baiser et dis :

— Non, Isabelle... Ce serait dommage... Ne gâchons pas notre belle amitié... Merci d'être venue...

Ses yeux s'agrandirent, se voilèrent de larmes, sa bouche frémit, se contracta. Elle me parut vieille soudain. Mon refus l'avait blessée au ventre. Les épaules voûtées, elle se dirigea en silence vers la porte. Je ne la retins pas. Quand elle fut loin je m'écroulai sur mon lit, la poitrine secouée de sanglots, et me traitai d'imbécile.

Le soir même, malgré ma hanche malade, je me traînai au bal Mabille comme on lance un défi. Adèle était là, disponible. Elle s'attabla avec moi. J'étais d'une gaieté rageuse. Nous bûmes du champagne. Mais, en dépit de mon ivresse, je n'arrivais pas à oublier la pâle figure d'Isabelle que j'avais injustement humiliée. Qui sait ? elle eût pu devenir la femme de ma vie ! Je l'avais sacrifiée à Pouchkine. Elle était la première victime de ma vocation. A deux heures du matin, je ramenai Adèle dans ma chambre. Elle riait en se déshabillant. J'aurais voulu lui cracher au visage pour la punir de sa joie populacière. Mais elle avait de beaux seins. Elle embrassait à pleine bouche, goulûment, savamment, professionnellement. Et puis elle était Française, ce qui, me semblait-il, ajoutait du piquant à ma performance.

Je me soûlai de plaisir et de dégoût en la possédant. Avec elle, du moins, je ne trahissais pas Pouchkine. Elle n'avait pas d'âme, pas d'existence. Une paire de cuisses avec un trou au milieu. Dans l'état où je me trouvais, je n'avais pas besoin d'autre chose. Je la payai, après l'amour, comme on paie un cocher, un cireur de bottes quand il vous a bien servi. Elle partit, contente de sa passe.

Moi, je restai affalé en travers de mon lit, prostré et repu. Je ne pouvais continuer à flotter ainsi au gré des circonstances. Le temps m'était compté. Les événements de la journée m'imposaient une décision catégorique. Il me fallait, dès à présent, choisir une date pour l'exécution de Georges d'Anthès. Je n'hésitai pas longtemps. Afin que l'acte eût son plein retentissement dans le monde, et surtout en Russie, j'optai pour l'anniversaire de la mort du poète. Il avait été grièvement blessé en duel un 27 janvier et s'était éteint, après d'interminables souffrances, quarante-huit heures plus tard, le 29. Au lycée de Tsarskoïe Selo, l'usage était, comme je l'ai déjà noté, d'évoquer sa mémoire le 29 janvier. J'avais toujours déploré que la date retenue pour cet hommage ne fût pas celle du duel fatal, c'est-à-dire le 27 janvier. Pourtant, cette fois, je décidai de me rallier à la tradition scolaire. Il fallait impérativement, pensais-je, que la mort de Georges d'Anthès marquât l'anniversaire du jour où Pouchkine avait fermé les yeux pour ne plus jamais les rouvrir. Donc ce serait le 29 janvier qu'il m'appartiendrait d'abattre le baron Georges de Heeckeren d'Anthès. Cela me laissait près d'un mois pour mettre au point les détails de l'holocauste. Un délai suffisant, estimai-je, après un froid calcul. Puis soudain, évoquant une fois de plus la fin tragique de Pouchkine, je me surpris à songer que, s'il n'avait pas été tué en duel à trente-sept ans, il en aurait eu soixante-dix aujourd'hui. Combien de chefs-d'œuvre aurait-il pu écrire durant ce long sursis ! Quelle perte pour l'humanité que le brusque tarissement d'une source qui paraissait inépuisable ! Et pourtant cette disparition prématurée n'était-elle pas une chance pour la mémoire du défunt ? En effet, comment imaginer Pouchkine, l'éternel représentant de la jeunesse, de la fantaisie, de l'irrévérence, de la spontanéité et de l'amour, sous les traits d'un vieillard à demi lucide et radoteur, achevant sa carrière au fond de son lit, un bol de tisane à portée de la main et un bonnet de laine sur la tête. Peut-être fallait-il pour sa légende qu'il s'éteignît en pleine gloire, tel un météore à son zénith ? Peut-être Georges d'Anthès lui avait-il involontairement rendu service en lui épargnant l'inévitable déchéance de ses forces créatrices ? Peut-être, croyant l'abattre d'une balle de pistolet, avait-il donné l'essor au culte imprescriptible de sa victime ? Peut-être était-ce grâce à lui que Pouchkine était aujourd'hui, dans l'esprit de chacun, non seulement le plus grand poète de son pays, mais le héros le plus séduisant et le plus romantique de toute la littérature russe ? Un coup de feu avait transformé un écrivain superbe, certes, mais d'un modèle courant, en un mythe national. En sacrifiant Pouchkine, Georges d'Anthès avait préparé sa déification. Dans ces conditions, n'étais-je pas malvenu à prétendre supprimer celui qui, en ce matin fatal de l'année 1837, ne soupçonnait pas l'importance quasi surnaturelle de l'homme qu'il tenait au bout de sa ligne de mire ? Parvenu au terme de mes réflexions, je me ressaisis avec un rien de remords, comme si cette accumulation d'arguments spécieux eût été de nature à me dissuader d'accomplir mon devoir de justicier. Balayant toute réticence, je me retrouvais plus résolu que jamais dans mes intentions homicides. En règle avec ma conscience, je m'agenouillai devant ma petite icône et priai Dieu de m'aider dans ma terrible et nécessaire besogne.

Quelques jours plus tard, ayant repris mon travail, j'attendis avec impatience l'heure du thé et du kouglof dans mon réduit sans fenêtre. Mais Mlle Isabelle Cornuchet ne vint pas. Ce fut une soubrette anonyme qui m'apporta ma collation. Je compris que la douce intendante du baron me punissait parce que je l'avais dédaignée, et je le déplorai autant pour elle que pour moi.

VII

Le mardi 11 janvier 1870, en arrivant au 27 avenue Montaigne, je trouvai Georges d'Anthès dans un état de fureur et d'inquiétude qui me fit croire à quelque nouvelle tragédie familiale : peut-être une rechute après la convalescence de Frédéric-Charles. Mais d'emblée il me détrompa :

— Avez-vous lu les journaux ? s'écria-t-il en m'accueillant.

J'avouai que je n'en avais pas eu le temps. Alors il me montra les gazettes étalées sur sa table. Toutes relataient l'assassinat, la veille, d'un rédacteur de *La Marseillaise*, nommé Victor Noir, par le prince Pierre Bonaparte, membre de la famille impériale. En quelques phrases hachées, Georges d'Anthès m'expliqua les faits : à la suite d'un article virulent du prince contre les républicains corses, une polémique s'était engagée entre lui et M. Rochefort, directeur de *La Marseillaise*, opposant systématique au régime. D'un caractère impétueux, Pierre Bonaparte provoqua Rochefort en duel et celui-ci lui envoya ses témoins. Ils arrivèrent trop tard : deux autres collaborateurs du journal, Ulrich de Fonvielle et Victor Noir, s'étaient déjà présentés à Auteuil, au domicile du prince, pour exiger qu'il se rétractât. Mais, après une brève altercation, Pierre Bonaparte, au lieu d'obtempérer, avait tiré un coup de revolver, à bout portant, sur Victor Noir, le blessant mortellement. Ce meurtre d'un publiciste « de gauche » avait soulevé une indignation populaire que Georges d'Anthès qualifiait volontiers de « disproportionnée », voire de « ridicule ».

— Ce Victor Noir était une canaille vendue aux ennemis de l'Empire ! dit-il. Un pisse-copie sans talent ni moralité ! Les champions de la plèbe vont en faire un martyr ! Il représente pour eux le cadavre indispensable à tous les mouvements de masse. Déjà, les faubourgs grondent. Des meetings de protestation s'organisent. La police est sur les dents. On craint des troubles de la rue !...

De tout cela, je ne retenais qu'une chose : Georges d'Anthès approuvait la mise à mort d'un individu pour des raisons politiques. L'assassinat idéologique représentait pour lui un acte légitime et même respectable. Il était, en quelque sorte, d'accord avec moi qui me préparais à l'abattre, il excusait par avance mon geste, il entrait dans mon jeu.

— Certes, je regrette que le prince Pierre Bonaparte se soit laissé emporter à ce point, reprit-il. Mais je le regrette uniquement parce qu'en tuant Victor Noir il a desservi, sans le vouloir, la cause de Leurs Majestés auprès du menu peuple. Maintenant, pour calmer les esprits, l'empereur va être forcé de faire arrêter le coupable et de le livrer à la justice. C'est très ennuyeux !

— Le prince s'en tirera avec un blâme, murmurai-je en souriant.

— Je l'espère autant que vous ! Il a agi en homme d'honneur. Son rang, sa naissance lui interdisaient de se battre en duel avec une tête brûlée comme Rochefort. Et il ne pouvait laisser passer cet accès de vilenie arrogante sans châtier l'un au moins des responsables du scandale !

Georges d'Anthès avait le sang aux joues et respirait par saccades. On eût dit qu'il plaidait sa propre cause. Visiblement, cette affaire de duel évité et d'exécution sommaire le tourmentait comme s'il avait été directement impliqué dans le drame. Sans doute revivait-il ses réactions d'autrefois, lors de son différend avec Pouchkine. Je le devinais assailli de souvenirs et hésitant au bord de la confidence. Je lui tendis la perche :

— Il est toujours difficile de juger un homme qui a commis l'irréparable pour sauver son honneur !

— J'en sais quelque chose ! s'exclama-t-il. Moi aussi, j'ai eu à prendre, dans ma jeunesse, des décisions à haut risque. Affronter la mort par fierté ou accepter l'humiliation par prudence ? Il y a des moments où, pour un homme de caractère, conserver la dignité est plus important que perdre la vie !

Je lâchai le morceau :

— Vous pensez à vos rapports avec Pouchkine ?

Un instant, j'eus peur d'être allé trop loin. Mais il ne semblait pas autrement choqué par ma question.

— Oui, dit-il sans sourciller. Je suppose que vous êtes au courant !

— En effet, monsieur, bredouillai-je, peu fier de mon initiative.

Il s'assit et, redressant la tête, me transperça d'un regard inquisitorial.

— Saviez-vous déjà, lorsque vous vous êtes présenté à moi, que j'avais tué Pouchkine en duel ?

Pouvais-je nier l'évidence ?

— Je le savais, avouai-je carrément.

— Et malgré cela ?...

— C'est une si vieille histoire !

— En parle-t-on encore à Saint-Pétersbourg ?

Je pris le parti de mentir :

— Oh ! non, monsieur !... Trente-trois ans déjà !... Tout est oublié !...

Il pianota sur le bord de la table avec ses doigts déformés de vieillard. Ses yeux se figèrent comme s'il regardait au-dedans de lui-même. Requis par le passé, il grommela :

— Tant mieux ! Tant mieux ! A l'époque, il y avait eu un sursaut de colère chez certains de vos compatriotes à mon égard ! Pensez donc, j'avais tué leur poète national !... C'était pire que le prince Pierre Bonaparte trucidant le minable Victor Noir ! Mais d'autres, bien sûr, parmi les plus haut placés, me plaignaient de m'être mis, à mon corps défendant, dans un si mauvais cas... Vous seriez étonné si je vous citais les noms de ceux qui, chez vous, avaient pris mon parti dans cette triste querelle !... Le tsar a tranché pour ne pas mécontenter l'opinion publique... J'ai été dégradé, expulsé de Russie... J'ai dû partir en plein hiver, dans un traîneau découvert, accompagné d'un gendarme jusqu'à la frontière... Comme un malfaiteur !... Mon père adoptif, le baron Jacob Van Heeckeren, a été contraint, lui aussi, de quitter son poste, alors qu'en tant qu'ambassadeur des Pays-Bas il n'avait rien à se reprocher... Votre pays, monsieur, a été injuste envers moi, envers lui !...

Il eut un rire désabusé et ajouta :

— Cependant, voyez-vous, à quelque chose malheur est bon ! Je me dis souvent que, s'il n'y avait pas eu ce duel et si j'avais poursuivi une paisible carrière militaire en Russie, j'aurais fini mes jours comme colonel dans une petite ville de garnison, en province, avec tout juste ma solde pour vivre et, à mes côtés, une nuée d'enfants et de petits-enfants, qui parleraient russe et se moqueraient de mon accent français !... Somme toute, j'ai eu de la chance !...

— Une chance cent fois méritée ! m'empressai-je de dire en ravalant mon indignation.

— Du reste, j'ai eu ma revanche sur l'incompréhension de la Russie à mon égard ! observa-t-il encore avec morgue. Peu avant d'être proclamé empereur, le Prince-Président, futur Napoléon III, m'avait chargé d'une mission auprès des cours étrangères. C'est ainsi que j'ai rencontré le tsar Nicolas Ier à Berlin. Il m'a accueilli avec bienveillance, m'a rappelé mes états de service dans l'armée russe et, sans faire la moindre allusion à l'incident Pouchkine, m'a assuré de l'amitié de la Russie pour la France.

Je demeurai pantois. Ainsi, même le tsar s'était abaissé à serrer la main de celui qui avait arraché à la Russie son plus grand poète. Incontestablement, il m'appartenait de réparer cette flagrante injustice. Selon toute évidence, mon interlocuteur n'éprouvait aucun remords de son geste accompli de sang-froid. Avait-il jamais lu une ligne de Pouchkine, fût-ce dans la traduction de Mérimée ? C'était peu probable. Même la littérature de son propre pays ne l'intéressait pas. Imperméable à tout ce qui n'était pas la politique, la finance et la famille, il représentait à mes yeux la hideuse caricature de la réussite sociale. Comme le silence, entre nous, se prolongeait, je m'apprêtai à regagner ma turne, mais il me retint :

— Vous n'êtes pas pressé !... Les archives peuvent attendre...

Je devinai qu'il avait encore un poids sur le cœur. Le besoin de se confier le rendait imprudent. Tête basse, il instruisait un procès intérieur. Soudain, le regard lointain, il marmonna, comme se parlant à lui-même :

— Tout était sa faute... J'ai tenté l'impossible pour détourner sa fureur jalouse. Sa femme était parfaitement innocente. La plus belle créature de Saint-Pétersbourg !... Coquette et froide comme un glaçon... Il n'y a jamais rien eu d'autre entre nous que des galanteries de salon, des billets doux, des jeux de prunelle... D'ailleurs, j'ai épousé sa sœur pour faire taire les ragots et calmer les soupçons de Pouchkine... Cela n'a pas suffi... Il m'a envoyé ses témoins... Si je refusais son cartel, je perdais la face...

— Vous êtes très à cheval sur les questions d'honneur ! dis-je.

— J'ai cette faiblesse ! rétorqua-t-il avec hauteur. Il n'y a pas si longtemps, en 1867, j'ai accepté d'être l'un des témoins de mon collègue au Sénat, M. Bernard Lacaze, lorsqu'il a provoqué en duel cet infâme libre penseur de Sainte-Beuve à cause de ses propos anticléricaux en pleine Assemblée !

— Et le duel a eu lieu ?

— Non : après un échange de lettres aigres-douces, les deux adversaires se sont arrangés. Dépité, Sainte-Beuve s'est contenté d'en appeler à l'opinion publique !

— Mais, insistai-je, pour en revenir à Pouchkine, lorsque vous l'avez rencontré sur le terrain, vous auriez pu tirer en l'air... Cela se fait parfois...

— Il n'aurait pas agi de même ! C'était lui ou moi... Ma peau contre la sienne... Je n'avais pas le choix... Tout cela est si navrant, si lointain !... Ma pauvre femme et moi en avons beaucoup souffert !...

Il se tut. A quel moment était-il sincère ? Quand il se félicitait d'avoir bien conduit sa barque et d'être aujourd'hui, grâce à son renvoi de Russie, un homme considérable et nanti, ou quand il soupirait en évoquant le malentendu sanglant qui avait marqué sa jeunesse ? Qui m'apprêtais-je à tuer : le meurtrier involontaire et repentant de Pouchkine, ou un sénateur bouffi d'importance, inconscient de son crime et fier de son compte en banque ? Je constatais qu'il me suffisait de me trouver en face de lui pour perdre le fil de mon raisonnement. Tout ce qui était clair dans mon esprit lorsque j'y réfléchissais, seul entre les quatre murs de ma chambre, se troublait et s'embrouillait lorsque j'avais devant moi ce vieil homme en chair et en os, avec son visage usé, son regard pesant et sa barbiche à l'impériale. A présent, il frottait ses mains l'une contre l'autre pour les assouplir. Sans doute souffrait-il de rhumatismes. Soudain, il demanda :

— Pouchkine était-il vraiment un aussi grand poète qu'on le dit ?

— Oui, monsieur ! m'écriai-je.

— Un genre de Victor Hugo ?

— Plus que cela !

— A quel écrivain français le compareriez-vous ?

— A aucun, monsieur. Il était... il est unique !

Aussitôt, je regrettai ma réponse : je devais abonder dans son sens, si je voulais qu'il me gardât sa confiance jusqu'au bout. Mécontent de mon opinion trop vertement exprimée, il fronça les sourcils et maugréa :

— Oui... oui... Peut-être... De toute façon, il ne sert à rien d'épiloguer là-dessus maintenant...

L'idée m'effleura que, pour lui, la mort de Pouchkine était une espèce d'accident de chasse. C'était comme si, au cours d'une battue, croyant tirer sur un lièvre, il avait, par mégarde, tué un invité de marque. Une erreur regrettable. Sans plus. Et les Russes en faisaient une montagne.

D'ailleurs, lui-même semblait regretter maintenant les confidences auxquelles il s'était livré devant moi, un simple secrétaire. D'une main lasse, il me fit signe de me retirer. Je retrouvai avec bonheur ma tanière et mes dossiers.

Le soir, à peine rentré chez moi, je reçus la visite de Daniel des Roches, plus exalté que jamais. Livide, les yeux hors de la tête, la cravate de travers, il vociférait :

— Vous êtes au courant ? Les suppôts de l'Empire se croient tout permis ! Entre eux et nous, c'est la guerre ouverte !

Il me mit sous les yeux un numéro de *La Marseillaise*, avec, en première page, un article de Rochefort dans un encadrement de deuil. Stigmatisant le meurtre de Victor Noir, le fougueux pamphlétaire lançait un appel à tous les adversaires du régime. Les funérailles du journaliste assassiné devaient avoir lieu le lendemain. Les amis de la justice et de la liberté étaient conviés à s'y précipiter en masse.

— Voulez-vous que nous y allions ensemble ? me demanda Daniel des Roches.

Ce jour-là étant un mercredi, je n'avais pas rendez-vous avec Georges d'Anthès. Par désœuvrement autant que par défi, j'acceptai l'invitation de mon camarade. Nous passâmes la soirée au restaurant. Il commenta sans se lasser le crime de Pierre Bonaparte, et je renchéris sur ses critiques aussi aisément que j'avais approuvé Georges d'Anthès quand il justifiait la conduite du prince. En vérité, les affaires de France étaient étrangères à mon esprit. Une seule circonstance m'intéressait dans le cas de Victor Noir : sa ressemblance avec l'aventure que je me préparais à vivre moi-même. On eût dit que le Ciel encourageait mon dessein en m'offrant une répétition scénique de ce qui allait se passer bientôt, dans le bureau de Georges d'Anthès. Quelques mots d'explication, face à face, un coup de feu, un corps qui s'écroule. Evidemment, j'aurais pu provoquer le baron en duel. Mais il ne méritait pas un tel honneur. Et puis, il était trop vieux pour se battre. Quant aux suites, si Pierre Bonaparte bénéficiait d'un acquittement, comme il était probable, pourquoi pas moi ? Et si j'étais condamné à la peine capitale, la belle affaire ! J'avais consenti d'avance au sacrifice de ma vie. En mourant, je m'assurerais l'immortalité. Même la pensée du chagrin de ma mère ne me retenait pas. Elle était d'une futilité aberrante. Elle se consolerait vite. Comme la femme de Pouchkine.

Le lendemain, j'accompagnai Daniel des Roches aux funérailles. La levée du corps devait avoir lieu à Neuilly, au domicile du défunt. La rue Perronet était gardée par la police. Quand nous arrivâmes sur les lieux, le cortège s'ébranlait lentement. Une cohue immense et grondante entourait le corbillard, surchargé de couronnes. Le fleuve humain remontait pas à pas l'avenue de Neuilly vers la capitale. On hurlait des anathèmes politiques, on chantait *La Marseillaise*. Rien que des hommes dans cette multitude ondoyante. A preuve que l'affaire était sérieuse ! Certains brandissaient des gourdins. Subitement, un cri de joie s'échappa de toutes les poitrines : les manifestants venaient de couper les traits des chevaux et, s'étant substitués à l'attelage, traînaient le char à la force de leurs bras. Juché sur le siège du cocher, un orateur haranguait la foule, tandis que le lourd véhicule aux draperies de deuil avançait par saccades.

— C'est bien ! C'est très bien ! répétait Daniel des Roches. Si cela continue, nous aurons les barricades !

Il était d'une humeur ravageuse. Sans rien lui dire, je m'étonnais de cette propension des Parisiens à se porter aux extrêmes. Chez nous, aucun soulèvement populaire n'avait marqué la mort brutale de Pouchkine. L'indignation, la tristesse, la révolte étaient restées enfermées dans les cœurs. Crainte du gendarme ou disposition nationale à souffrir en silence ?

En arrivant aux abords du rond-point des Champs-Elysées, la procession, surexcitée par une longue marche, se heurta aux forces de police. Il y eut des échauffourées. Après deux sommations, les manifestants commencèrent à se disperser. Mais les plus excités continuaient à s'agiter autour du corbillard et à glapir des injures. Les sergents de ville en empoignèrent quelques-uns au hasard. Je ne pouvais courir le risque d'être arrêté alors que j'étais sur le point de porter un coup fatal à Georges d'Anthès. Ma mission m'imposait la prudence. Laissant Daniel des Roches en plein tumulte, je me hâtai de déguerpir. Bien m'en prit, car mon camarade ne rentra qu'à l'aube, les vêtements déchirés et un coquard à l'œil. Il avait passé la nuit au poste et n'avait été relâché, après interrogatoire, que sur l'intervention du directeur du *Siècle*. Il jubilait :

— De grandes choses se préparent !

Pour moi aussi, de « grandes choses » se préparaient. Mais ce n'étaient pas les mêmes. Lui pensait à la révolution, moi à une immolation sacrée.

Le vendredi suivant, Georges d'Anthès, de plus en plus soucieux, me parla d'une séance houleuse au Sénat. Au cours d'une discussion générale sur les obsèques de Victor Noir, il s'était violemment démarqué de quelques collègues trop tolérants, à son gré, pour les fauteurs de désordres.

— Ce sont des gens comme eux qui sapent les fondements de l'Empire, dit-il. On ne devrait pas permettre à cette engeance de songe-creux et de bavards d'exprimer publiquement leurs idées !

Je lui donnai raison, comme à l'accoutumée, et

me gardai de lui révéler que j'avais fait partie du cortège funèbre de Victor Noir. En prenant la défense du prince Pierre Bonaparte qui s'était fait justice lui-même, il me ramenait sans le savoir à mon propre tourment.

Je comptais les jours qui me séparaient de l'échéance fatidique du 29 janvier. A mesure que cette date approchait, je perdais un peu plus le sens des réalités quotidiennes. Ma vie se déroulait à travers les brumes d'un rêve. L'émotion populaire provoquée par l'assassinat de Victor Noir s'était peu à peu apaisée. Afin d'entretenir le goût du public pour l'horreur, les journaux reparlaient du plus ignoble criminel du siècle, Troppmann, qui avait été condamné à mort, en décembre dernier, pour avoir massacré toute une famille. Il fut guillotiné, le 19 janvier, devant une grande foule. Tous les chroniqueurs insistèrent sur sa vile terreur au moment de monter à l'échafaud. Je lus ces comptes-rendus macabres avec une avidité qui m'étonna moi-même. Craignais-je inconsciemment de subir le même sort après avoir abattu Georges d'Anthès ?

A quelque temps de là, j'eus la surprise de revoir Mlle Isabelle Cornuchet m'apportant, à quatre heures et demie, ponctuellement, la collation habituelle. Sans doute jugeait-elle m'avoir suffisamment châtié en se faisant remplacer, pendant une semaine, par une soubrette ? Hélas ! elle n'avait plus son air à la fois timide et engageant. Froide, distante, elle me signifiait par son attitude qu'elle voulait bien me servir encore le thé et le kouglof, mais qu'elle ne chercherait pas à me charmer. Nous n'étions plus que deux employés du baron, unis par les nécessités du travail. Je le déplorai un peu. Il m'était agréable de sentir autour de moi cette atmosphère de dévotion amoureuse et prudente. Une proximité aussi naturelle me consolait de ma solitude, sans que j'eusse à m'inquiéter de l'avenir de nos relations. Pour tout dire, Isabelle Cornuchet représentait la dose exacte d'affection féminine que je pouvais accepter en restant fidèle à Pouchkine. Je lui pris le plateau des mains et tentais d'engager la conversation sur des sujets faciles :

— Il a fait très froid, cette nuit !

— En effet, monsieur.

— Monsieur le baron m'a paru fatigué tout à l'heure...

— Les séances du Sénat l'épuisent. Il y met tant de cœur !

— L'affaire Noir-Bonaparte, par exemple, n'a pas fini de le tourmenter !...

— Je le crois comme vous, monsieur.

— Et que pensez-vous de l'exécution de Troppmann, mademoiselle ?

— Mais, rien, monsieur... Il a payé pour son crime... C'est dans l'ordre des choses...

— Le prince Pierre Bonaparte, lui, ne risque pas la peine de mort !

— Sûrement pas !

— Vous trouvez cela juste ?

— Je n'ai pas d'avis sur la question, monsieur. D'ailleurs, il n'est guère dans mon rôle de m'occuper de ce qui se passe hors de la maison... Tout ce que je sais, c'est que nul n'a le droit de tuer son prochain... Il n'y a pas de meurtre excusable au regard de Dieu... Même si les hommes vous absolvent, le Tout-Puissant vous rejette...

Cette phrase me toucha à un point vulnérable. Etait-il possible que Dieu me condamnât pour avoir voulu venger la mort de Pouchkine ? Comment concevoir que, dans son infinie sagesse, Il protégeât la vie et la fortune d'un assassin et me retirât son appui dans l'accomplissement d'un acte de justice ? Isabelle Cornuchet n'était qu'une pécore qui ne voyait pas plus loin que les pages de son bréviaire. Son Dieu se comportait en vulgaire comptable, le mien en grand philosophe. Elle devina mon irritation et se glissa dehors, le regard fuyant et la jupe bruissante.

Je replongeai dans mes dossiers avec un sentiment de malaise. « Plus que cinq jours », me disais-je avec impatience et terreur. En revoyant Georges d'Anthès dans le bureau afin de lui soumettre mes dernières traductions, j'eus, pour la première fois, l'impression de m'adresser à un cadavre. Il était déjà mort et il me parlait comme s'il était encore vivant :

— J'ai repensé à ce projet de Mémoires, me dit-il. C'est une perspective qui m'amuse. Je vais vous donner d'autres documents sur mes origines, sur ma famille. Vous les dépouillerez, vous les classerez. Mais cela demandera du temps. Pour bien faire, il faudrait que vous veniez tous les jours. J'augmenterais vos honoraires en conséquence. Cette proposition vous agrée-t-elle ?

Il allait au-devant de mes souhaits. Tête baissée dans le panneau ! Je jubilais intérieurement.

— J'y souscris avec gratitude ! m'écriai-je.

Ce soir-là, alors que je venais de regagner ma chambre, j'entendis des pas précipités dans le couloir, des éclats de voix, une bousculade derrière la cloison. La police perquisitionnait chez Daniel des Roches. Sans doute s'était-il livré, de nouveau, à quelque provocation en public. Il avait son idée fixe. Moi, la mienne. Nous étions aussi fous l'un que l'autre. Depuis plusieurs jours, les mouchards en alerte fourraient leur nez partout. Je devinai que, dans la pièce voisine, mon camarade s'indignait, protestait, refusait de suivre les sbires. J'aurais dû intervenir, me porter garant de son civisme. Je n'en fis rien, paralysé par une peur raisonnable. A quelques jours du grand sacrifice, je ne pouvais me permettre d'affronter la police, fût-ce pour sauver un ami. Prisonnier de mon serment, je restai assis sur mon lit, les bras croisés, le regard neutre, avec au cœur le dégoût de mon impuissance. N'allait-on pas cogner à ma porte – « Au nom de la loi, ouvrez ! » –, envahir ma chambre, me questionner, mettre tout à sac, m'arrêter, moi aussi, pour faire d'une pierre deux coups ? Je n'avais plus un poil de sec. Mais déjà des pas s'éloignaient dans le corridor. On emmenait Daniel des Roches. Quant à moi, je n'intéressais pas ces messieurs. Ouf ! tout danger étant écarté, je pouvais derechef ne penser qu'à moi-même, à Pouchkine et à d'Anthès. Je levai les yeux sur la gravure tutélaire : il me sembla que Pouchkine souriait de mes craintes avec l'indulgence d'un frère aîné.

VIII

Dans la nuit du 27 au 28 janvier, une idée intempestive m'éveilla en sursaut. J'avais résolu d'abattre Georges d'Anthès le 29 de ce mois, date à laquelle, voici trente-trois ans, Pouchkine, blessé au ventre par la balle de son adversaire, avait rendu le dernier soupir. Or, je venais de me rappeler que le calendrier russe, dit « calendrier julien », était en retard de douze jours sur le calendrier français « grégorien » et que le 29 janvier en Russie correspondait donc au 10 février en France[1]. Si je voulais que cette commémoration de la mort du poète eût tout son éclat, il me fallait impérativement repousser au 10 février l'exécution du coupable. Cette évidence me tint un long moment dressé sur mon séant, le regard dardé dans le vide. J'aurais dû être contrarié par ce délai supplémentaire. Mais j'en étais bizarrement heu-

1. Ce décalage sera porté à treize jours au XXe siècle.

reux. Un sursis. Pour lui ou pour moi ? Je n'aurais su le dire. Il me semblait qu'un étau se desserrait autour de ma poitrine. Tout à coup, je songeai que si Georges d'Anthès pouvait, entre-temps, tomber malade et mourir de sa belle mort je serais comblé. Aussitôt je me reprochai cette lâcheté insigne. Après ce qu'il avait fait, il ne méritait pas une fin paisible, dans son lit, entouré de ses proches. Plus que jamais, il était nécessaire que le meurtrier de Pouchkine reçût son châtiment de ma main. A force de me raisonner, dans la pénombre de ma chambre, je retrouvai ma détermination de la veille.

Fidèle au serment qui me liait, je retournai avenue Montaigne afin de continuer à dépouiller des dossiers et à bavarder à bâtons rompus avec ma future victime. La semaine passa avec une rapidité irréelle. A croire que ces heures banales avaient pris le galop en attendant la seule heure pour laquelle je voulais vivre. Aucun événement extérieur ne me distrayait de mon obsession. J'appris avec une parfaite indifférence que Rochefort, condamné à trois mois de prison, avait été incarcéré le 7 février à Sainte-Pélagie. Le soir du 8 février, des barricades s'élevaient à Belleville et dans le faubourg du Temple. On arrêtait des émeutiers à tour de bras. La ville bouillonnait. Mais la police, partout présente, finissait par étouffer les rares velléités de révolte. Le peuple grognait et courbait l'échine. L'Empire continuait sa route sans broncher. J'en étais égoïstement satisfait. Des combats de rues n'auraient pas manqué de contrarier mes plans. Daniel des Roches se trouvait toujours au secret, dans son cachot. Je n'avais plus d'ami. J'étais seul face à Georges d'Anthès.

Le 9 février, au matin, j'allai entendre la messe en l'église russe de la rue Daru. Peu de monde dans la nef. Mais la certitude que les rares fidèles, ici, étaient des gens de mon sang et de ma pensée me revigorait : des voyageurs comme moi, des fonctionnaires de l'ambassade, des femmes du monde parcourant la France pour se divertir, des domestiques, des aristocrates désœuvrés et dépaysés, des étudiants peut-être... C'était pour eux que je me préparais à franchir le pas. S'ils l'avaient su, ils m'auraient porté en triomphe. J'en étais si intimement persuadé que la liturgie, lente et superbe, les chants caverneux du chœur et jusqu'à la lumière mystérieuse des cierges, tout ici me semblait destiné à raffermir mon courage. Nulle part ailleurs je n'avais éprouvé, comme en ce lieu de recueillement, l'adhésion de ma patrie à mon projet de violence et d'audace. Oui, Paris était loin, j'étais chez moi, parmi les miens, en Russie. Et Dieu qui, selon Mlle Isabelle Cornuchet, condamnait indifféremment l'ensemble des crimes, faisait une exception pour moi, au nom de Pouchkine. Sous la vaste coupole du temple, je me sentais non seulement pardonné, mais félicité. Le Père éternel et moi servions la même cause. Je m'agenouillais et me signais avec tous mes frères en religion pour remercier le Très-Haut de sa radieuse complicité.

Après la messe, quand la maigre assistance se fut dispersée, j'allai allumer un cierge sous l'icône de l'Ascension, placée contre le gros pilier de gauche, du côté de l'autel. Je savais que le tsar Alexandre II en avait fait cadeau à l'église. Il avait prié devant elle pour rendre grâces au Seigneur de lui avoir gardé la vie sauve, lors de l'attentat du bois de Boulogne. Moi, je suppliais Dieu, le front incliné, les mains jointes, de mettre toutes les chances de mon côté au moment de ma rencontre, demain, avec Georges d'Anthès. Pendant mon imploration chuchotée, j'eus l'impression que l'image sainte bougeait imperceptiblement dans la faible clarté des flammes. Je fus, à la lettre, soulevé de terre. Je montai au ciel avec le Christ. Puis je redescendis lourdement. De nouveau, je devinai la solidité de la terre sous mes pieds. Mais je n'étais plus seul dans mon affaire. En sortant de l'église, dans la brume et le froid de Paris au mois de février, je fus tenté de m'adresser en russe aux passants.

Le soir même, réfugié dans ma chambre, je vérifiai le bon fonctionnement de mon revolver.

Une arme perfectionnée, à dix coups. Un seul suffira, pensais-je. J'étais extraordinairement calme. La gravure de Pouchkine, fixée au mur, me dictait ma conduite en silence. Et, au-delà de cette image stéréotypée, je revoyais le groupe de mes anciens condisciples du lycée de Tsarskoïe Selo, la main tendue dans un geste sacramentel au-dessus d'un saladier en argent où brûlait le punch de la fraternité. La flamme de l'alcool imposait à leurs visages familiers un éclairage théâtral. Leurs regards avaient une exigence comminatoire qui traversait les murs, les frontières, les années. Défiant le temps et l'espace, ils me mettaient au défi d'assumer jusqu'au bout l'engagement que j'avais pris vis-à-vis de moi-même. Je me récitais mentalement le nom des « chevaliers » de notre société secrète, comme autant d'arguments pour passer à l'acte : Gorelkine, Klementieff, Zorine, et les autres... A travers eux, c'était toute la jeunesse de mon pays qui m'ordonnait de venger l'honneur du poète. J'étais le redresseur de torts que la patrie attendait dans le repliement de son deuil. La gratitude de la Russie m'était acquise si je ne flanchais pas au dernier moment.

Le 10 février, je me rendis chez Georges d'Anthès avec le revolver enfoui dans la poche de mon ample pantalon. La solennité de cette entrevue me glaçait. Je n'étais plus Alexandre Rybakoff, ancien élève de Tsarskoïe Selo visitant Paris, mais le destin en marche. Et plus je prenais conscience de la signification patriotique de mon geste, plus la paralysie gagnait mon cerveau et ma main.

En découvrant Georges d'Anthès, assis, comme d'habitude, derrière sa table, j'éprouvai un choc au creux de la poitrine. Il paraissait las, inquiet et morose. Comme si, à mon entrée dans son bureau, il avait entendu le pas d'un justicier. Comme s'il avait su dès le début ce que j'étais venu faire chez lui. Comme s'il acceptait l'échéance. Je le considérai avec crainte et pitié. Fallait-il lui tirer dessus dès maintenant ou attendre un peu ? Quelques minutes ; une heure peut-être ; ou deux... rien ne pressait. J'avais jusqu'au soir pour lui régler son compte. Et s'il recevait un visiteur dans l'intervalle ? Eh bien ! cela ne m'empêcherait pas de décharger mon arme au moment choisi. En vérité, malgré tous ces raisonnements, je ne pouvais me décider ni à agir ni à renoncer. Je maudissais l'obligation qui m'était faite – par qui ? – d'abattre cet homme sans défense. Ma main droite tâtait nerveusement le revolver dans ma poche : « Allons, vite, vite !... Plus tôt tu en auras fini, mieux cela vaudra !... » Des vers de Pouchkine me revinrent à l'esprit comme pour me persuader de ne pas faiblir. D'Anthès m'invita à m'asseoir et dit :

— J'ai pensé que nous pourrions commencer

dès aujourd'hui ce travail dont je vous ai parlé sur mes Mémoires... Je vais vous dicter mes souvenirs en vrac, comme ils me viennent... Nous remettrons cela en ordre plus tard...

« Plus tard » ! Il se figurait donc qu'il y aurait un « plus tard » ! Tant d'inconscience me troubla. Il avait disposé tout le nécessaire sur un guéridon attenant à la table : papier, encrier, plumes... Comme un automate, je me préparai à écrire en attendant de tuer. Georges d'Anthès dictait d'une voix sourde, hésitante, butait sur les mots et se reprenait souvent :

— Je suis né le 5 février 1812, à Colmar. Ma famille était établie en Alsace depuis plusieurs générations. Mon père, le baron Joseph Conrad, avait épousé en 1806, Marie Anne Louise de Hatzfeld...

Tout cela n'avait aucun intérêt, mais, à mesure que je notais ces détails généalogiques, j'avais l'impression de m'enfoncer plus profondément dans l'intimité de l'homme que j'étais censé haïr. Son vieux visage léonin me fascinait. Il avait dû avoir fière allure, au temps où Nathalie lui accordait contredanse sur contredanse à la barbe de Pouchkine. Le poids du revolver s'imprimait dans ma cuisse. Allais-je flancher ? Peut-être Mlle Isabelle Cornuchet avait-elle raison quand elle affirmait que tout être humain, fût-il chargé de défauts, avait droit à l'existence ? Peut-être le plus détestable des individus méritait-il le respect pour cela seulement qu'il était une créature de Dieu ? Je ne pouvais me résoudre à lâcher la plume et à saisir le revolver. Mes doigts s'engourdissaient, mon cerveau se vidait. Et Georges d'Anthès, imperturbable, continuait à égrener d'un ton monocorde, avec son accent alsacien, les souvenirs qui lui tenaient à cœur. Tout y passait, les origines honorables de sa famille, ses études au lycée Bourbon, puis à l'Ecole militaire de Saint-Cyr, son indignation lors de la révolution de 1830, son refus, en tant que légitimiste, de servir la monarchie de Juillet, son exil volontaire à Soultz... J'avais hâte qu'il abordât le récit de son arrivée à Saint-Pétersbourg et de sa rencontre avec Nathalie. Mais il s'attardait avec complaisance sur les années préliminaires. Sans doute n'entrerions-nous pas dans le vif du sujet avant quelques mois. Peut-être même escamoterait-il, par discrétion, l'essentiel de son différend avec Pouchkine ? De toute façon, d'ici à ce que nous entamions l'évocation de cette période, je l'aurais abattu !

Au bout d'une heure de dictée, assailli de pensées douloureuses et contradictoires, j'arrêtai d'écrire. Remarquant mon trouble, Georges d'Anthès demanda :

— Qu'y a-t-il, monsieur Rybakoff, vous ne vous sentez pas bien ?

— Ce n'est rien ! marmonnai-je. Un peu de fatigue...

— Eh bien ! moi aussi, j'en ai assez ! Nous continuerons demain.

Il se renversa sur le dossier de son fauteuil. Je crus qu'il en avait fini pour la journée et qu'il allait me donner congé. Mais, visiblement, il avait pris goût à ces retours en arrière. Sa main tripotait des médaillons, des carnets, de vieilles lettres éparpillées sur sa table. Il revivifiait ses souvenirs au contact de quelques objets dont la magie agissait sur lui comme une drogue. Il me désigna un tableau, pendu au mur du fond, entre les deux fenêtres. Un homme dans la force de l'âge, au visage plein, au regard acéré, en grand uniforme, avec la croix de la Légion d'honneur sur la poitrine.

— Mon père, le baron Joseph Conrad d'Anthès, dit-il. Et voici ma mère, Marie Anne Louise, comtesse de Hatzfeld...

Une femme aimable et superbement parée me souriait de loin, dans un cadre doré, faisant pendant au portrait de son mari. Georges d'Anthès me présentait à ses morts. Puis il me mit sous les yeux une demi-douzaine de miniatures sur ivoire, en forme de pendentifs :

— Mon fils Louis Joseph enfant... Ma fille Berthe Joséphine le jour de ses fiançailles... Ma sœur Adélaïde Philippine...

Je m'extasiai par politesse. A présent, sa main triait les vieilles missives étalées devant lui.

— Pensant à notre travail, j'ai fouillé dans ma correspondance ancienne, reprit-il. Il y a de tout là-dedans. Les lettres qui me sont les plus précieuses sont celles de mon père adoptif, le baron Van Heeckeren. Malheureusement pour moi, il est en poste à Vienne. Je le vois rarement. Mais nous continuons à nous écrire comme autrefois. Je lui dois beaucoup !

Je me demandai s'il n'avait pas conservé, dans quelque portefeuille secret, des billets doux de Nathalie Pouchkine. Mais peut-être n'y avait-il même pas eu d'échange de lettres entre eux avant le drame ? Un flirt anodin. Et, en conclusion de ces chuchotements et de ces tours de valse, la mort du poète. Comme s'il avait deviné le cours de mes pensées, Georges d'Anthès me questionna à brûle-pourpoint :

— La femme de Pouchkine est décédée, n'est-ce pas, il y a quelques années ?

— Oui, répondis-je interloqué. Vers 1863 ou 64, je crois.

— On m'a dit qu'elle s'était remariée après... après la disparition de ce fou de Pouchkine...

— C'est exact.

— Avec qui ?

— Avec Lanskoï. Un militaire. Colonel ou général, je ne sais plus...

— Cela a dû la changer de Pouchkine !

— Je le suppose, monsieur, dis-je prudemment.

Il soupira de toute la poitrine :

— Pauvre femme ! Une fin si insignifiante après une telle tragédie ! Aucun de nous n'est tout d'une pièce. Qu'ai-je de commun avec l'adolescent d'avant-hier ? Vous verrez, vous verrez, la vie nous façonne à notre insu. Ce n'est pas notre visage seulement qui change avec les années !

De nouveau, je serrai spasmodiquement la crosse de mon revolver dans ma poche. « Maintenant ou jamais ! » décidai-je. Et soudain, je compris que je ne pourrais pas faire feu sur cet homme désarmé et confiant. La sympathie qu'il me témoignait m'enlevait mon reste de courage. Je songeais qu'il fallait un manque total d'imagination pour oser transformer, de but en blanc, un homme vivant, avec ses idées, ses souvenirs, ses projets, ses manies, ses espoirs, ses chagrins, en un tas de viande morte. Voilà, j'avais trop d'imagination pour agir ! Parce qu'il était là, tout remuant et tout bruissant de paroles, Georges d'Anthès triomphait de Pouchkine, qui n'était qu'un revenant silencieux. La main du baron déplaça avec précaution une lettre à l'encre pâlie. Il la parcourut et la laissa retomber parmi les autres. Je devinai qu'il ne cessait de penser à sa jeunesse orageuse, à Nathalie, au duel dans la neige.

— Peut-être devrais-je brûler toutes ces paperasses ? dit-il encore. Quand vient l'automne, il ne faut pas hésiter à marcher sur les feuilles mortes pour sortir du bois !

A bout de résistance, je me levai d'un bond et bredouillai :

— Excusez-moi... Il faut que je parte...

— Déjà ?

— Oui, oui...

— Vous êtes souffrant ?

— Non, monsieur...

— Je compte sur vous demain !...

— Sans faute ! Je vous le promets...

Je me ruai vers la porte. Dehors, je me mis à courir comme pour échapper à des poursuivants dont j'aurais entendu la galopade derrière mon dos. Quand j'arrivai chez moi, une toux violente me déchira la poitrine, tandis qu'un goût âcre m'emplissait la bouche. Je portai la main à mes lèvres et la retirai marquée de traînées rougeâtres. Au lieu du sang de Georges d'Anthès, c'était le mien que je contemplais au bout de mes doigts. Situation grotesque ! Ma maladie se rappelait à moi au plus mauvais moment. La première alerte depuis mon arrivée en France ! Peut-être ne serait-ce rien ? Mais, incontestablement, j'avais présumé de mes forces. L'échec de ma folle entreprise se compliquait de soucis de santé. Puisque j'étais une loque, incapable de tenir son serment, je ne méritais pas de vivre.

D'un geste brusque, j'extirpai le revolver de ma poche et l'appliquai contre ma tempe. Le froid du canon sur ma peau me dégrisa. Je ne pouvais pas plus me tuer que je ne pouvais tuer Georges d'Anthès. Mon esprit s'emballait et ma main restait inerte. Je serrai la crosse mais n'appuyai pas du doigt sur la détente. Après un laps de temps qui me parut très long, je laissai retomber mon bras et m'écroulai, en larmes, sur mon lit. De sa place d'honneur, sur le mur du fond, le portrait gravé du poète me considérait avec une commisération ironique. Il ne m'en voulait pas : il me plaignait. Ce qui était pis. Des vers prophétiques, écrits par Pouchkine un an avant sa mort, chantaient dans ma tête :

Non, je ne mourrai pas tout entier et mon âme,
Ma lyre survivront à la cendre, au néant,
Mon nom retentira d'un bout à l'autre de la
[Russie
Et chaque tribu de mon pays m'appellera
Et le fier descendant du Slave, et le Finnois,
Et le Toungouse sauvage,
Et le Kalmouk des steppes[1].

1. Pouchkine : « Je me suis élevé en un monde immatériel » (1836).

Le lendemain, je retournai avenue Montaigne, sans mon revolver. Georges d'Anthès me reçut très aimablement et me dicta encore quelques détails insipides sur son passé. Puis, arrêtant le flot de ses souvenirs, il m'annonça :

— J'ai l'intention d'aller me reposer dans ma propriété de Soultz à la fin de la semaine. J'y resterai un mois ou deux. Voulez-vous m'accompagner ? L'Alsace est un pays magnifique. Nous serons en famille et plus tranquilles qu'à Paris pour travailler.

Cette invitation me terrifia. En m'offrant de partager sa vie à la campagne, il me ramenait à mon projet initial. Ce que je n'avais pu accomplir ici, il m'incitait à le tenter là-bas. Il voulait à tout prix me transformer en assassin et se transformer en victime. Mais, au fait, pourquoi pas ? La date importait peu. Ce ne serait que partie remise. Une simple question de calendrier : 10 février, ou 25 mars, ou 2 avril, qui s'en préoccuperait ? Seul comptait le résultat. Tout dépendait de moi et des circonstances. De nouveau, la panique s'empara de ma tête. Je m'entendis prononcer d'une voix tremblante :

— Je vous remercie, monsieur... Votre proposition me touche profondément... J'y vois... j'y vois une grande preuve de confiance... Mais ma santé me cause des inquiétudes... J'ai les bronches délicates... J'étais venu en France pour me soigner...

L'hiver à Paris m'est néfaste... Je devrais être déjà dans le Midi... Je compte partir le plus tôt possible...

Il me parut sincèrement désappointé. Nous décidâmes de nous écrire et que j'irais le rejoindre en Alsace ou à Paris, après avoir suivi une cure de soleil et de grand air à Nice. Cette perspective lointaine me rassura. Un grand poids venait de tomber de mes épaules. A la fin de la journée, Georges d'Anthès me demanda s'il me reverrait avant mon départ.

— Je ne crois pas, monsieur, dis-je précipitamment. Je dois faire mes bagages. J'essaierai de me mettre en route dès demain.

Je le fuyais comme un tentateur diabolique. Il me sembla que je ne serais pas tranquille avant d'avoir mis une distance de quelques centaines de lieues entre nous. Georges d'Anthès n'insista pas, me souhaita un bon voyage, un prompt rétablissement et me régla mes honoraires. J'empochai l'argent avec un vif sentiment de culpabilité. Le prix de la trahison. J'avais honte. J'avais mal. Un lâche soulagement détendait mes muscles et ramollissais mes pensées. Etais-je encore l'homme qui rêvait d'immoler d'Anthès sur l'autel de Pouchkine ?

Dans le vestibule, je rencontrai Mlle Isabelle Cornuchet. J'en fus anormalement ému. Sans oser la dévisager en face, je lui appris que j'allais quitter Paris pour quelque temps. Elle en parut surprise :

— Monsieur le baron m'avait pourtant dit qu'il comptait vous emmener avec nous, à Soultz, balbutia-t-elle, la mine déconfite.

— Il me l'a proposé, en effet, avouai-je. Mais je dois me rendre absolument dans le sud de la France.

— Quelqu'un vous y attend ? demanda-telle, avec, dans ses beaux yeux gris, une lueur de malicieuse mélancolie.

— Un médecin ! répondis-je en souriant. Il prendra soin de moi et je reviendrai guéri !

Elle me tendit la main. Je la serrai avec force. Nous nous regardâmes longuement en silence. Elle avait l'air triste. Je l'étais aussi. Mais pas pour les mêmes raisons.

IX

Après les tracasseries et les malentendus que j'avais connus à Paris, l'existence à Nice, dans la maison de repos du docteur Legendre, me parut d'une monotonie et d'une légèreté irréelles. Du matin au soir, je flottais au gré d'une béatitude mélancolique. Rien ne m'amusait, rien ne m'affligeait. J'étais une pâte neutre livrée aux soins du médecin et des infirmiers. On m'obligeait à avaler des mixtures abominables, on me gavait de nourritures réconfortantes, on m'abreuvait d'eaux ferrugineuses, et on me faisait prendre l'air, emmitouflé de la tête aux pieds, sur un balcon. C'était la méthode nouvelle, préconisée par ce praticien autoritaire et souriant qui se flattait d'opérer des miracles. J'avoue que, grâce à son régime, je me remplumais peu à peu et retrouvais un semblant d'énergie. Mes accès de toux diminuaient de fréquence et d'intensité. Je crachais moins souvent. Je n'avais plus que de rares accès de fièvre. Au bout d'un mois environ, je reçus l'autorisation de sortir. Cependant, mes courses à travers la ville ne suffisaient pas à me divertir. Ma principale distraction était encore la lecture des journaux. Moi qui, lors de mon arrivée à Nice, me contentais de parcourir les titres des gazettes, je me mis à les dévorer de la première à la dernière ligne. J'y cherchais des échos de la vie parisienne et des informations sur les travaux du Sénat, avec l'espoir de voir cité le nom de Georges d'Anthès. Mais on ne parlait pas de lui dans la presse. Et les deux lettres que je lui avais adressées, l'une à Paris, l'autre à Soultz, étaient restées sans réponse. Sans doute avait-il trop à faire pour se préoccuper encore de moi. J'en étais curieusement affecté. Comme du silence d'un ami qui m'aurait négligé. En revanche, ma mère m'écrivait souvent. Elle se déclarait ravie de me savoir enfin sagement installé chez le docteur Legendre et me conseillait de prolonger mon séjour aussi longtemps que les médecins le jugeraient nécessaire. Je correspondais également avec mes camarades de la confrérie des anneaux de fer. Bien entendu, je leur avais laissé ignorer et mon plan pour supprimer Georges d'Anthès et ma honteuse dérobade. Pour eux j'avais passé quelques mois à Paris afin de goûter aux plaisirs de la capitale, et je me reposais maintenant au soleil des délicieuses fatigues de mes nuits de noceur... Ce mensonge ne me coûtait pas, tant je tenais à conserver leur estime.

D'ailleurs, avec la fuite des jours, je finissais par douter moi-même de mon aventure. Seule la vue de mon revolver, que je conservais sous une pile de linge dans un placard de ma chambre, me rappelait encore, brutalement, mes aberrations de naguère. Au vrai, cette arme était devenue pour moi un témoin gênant. A plusieurs reprises, j'eus la tentation de la jeter dans les eaux du Paillon. Mais, chaque fois, au moment de m'en séparer, je la renfonçais dans ma poche, comme si je n'avais pas renoncé à m'en servir.

Des semaines s'écoulèrent ainsi, sans autre souci que ma santé, qui allait s'améliorant, et sans autre espoir que celui de revenir à Paris et de retrouver au plus vite le chemin de l'avenue Montaigne. Mais dans quelle intention ? Pour tuer Georges d'Anthès ? Je m'en savais à présent incapable. Pour rédiger avec lui ses Mémoires ? Ce travail ne m'intéressait plus. Pour retrouver l'atmosphère quiète, solennelle et bourgeoise de la maison, avec Mlle Isabelle Cornuchet, furtive et indispensable, le thé de quatre heures et demie et la tranche de kouglof ? Absurde ! Ces pensées me tarabustaient l'esprit avec tant d'insistance que j'en arrivais à détester le ciel toujours radieux, la mer bleue et paisible, les palmiers exotiques, les promeneurs aux vêtements clairs et aux visages lisses qui marchaient à petits pas en bordure de la plage et admiraient de confiance le paysage de soleil et d'eau, étalé devant eux à perte de vue. Au milieu de tant de lumière et de paix suave, je regrettais Paris, le froid, la pluie, les maisons grises, les encombrements de voitures, l'odeur de fumée et d'égout, le va-et-vient brimbalant des omnibus à impériale. Vers la fin du mois de juin, je n'y tins plus. Me jugeant tout à fait rétabli, j'exposai au docteur Legendre mon souhait d'arrêter la cure. Il m'ausculta et reconnut que je pouvais quitter la maison de repos, à condition de poursuivre par moi-même le régime qu'il avait prescrit et d'éviter les grandes fatigues.

Au début de juillet, je débarquai à Paris avec le sentiment d'en être parti depuis des années. Ce fut dans une explosion de bonheur que je retrouvai ma modeste chambre chez Mme Paturon, rue de Miromesnil. Mais, à mon vif regret, Daniel des Roches n'avait pas réintégré son domicile. Ma logeuse m'apprit qu'il avait écopé de six mois de prison. Elle avait d'ailleurs pris un autre locataire à sa place : un vieil homme bougon qui ne répondit pas à mon salut quand je le croisai dans l'escalier.

Le temps de défaire mes bagages, et je me précipitai avenue Montaigne. Le valet de chambre aux allures patibulaires me fit savoir que la famille était revenue de Soultz depuis quinze jours.

Mlle Isabelle Cornuchet me reçut dans le salon. Elle me parut à la fois enchantée de me revoir et confuse de ne pouvoir m'introduire auprès de Monsieur le baron, qui, dit-elle, était en conférence avec Monsieur le Préfet de Police. Elle parlait en chuchotant comme dans une église. Nous étions assis face à face dans cette vaste pièce, toute en marbre, cristaux et tapisseries. Dès l'abord, elle me félicita sur ma bonne mine :

— Le Midi vous a réussi... Ne regrettez pas trop l'Alsace... Il y a fait un temps abominable !...

Je protestai que j'aurais été tout de même très heureux à Soultz, puisque je devais y partager l'existence de la famille. Puis, après quelques gentillesses de ce genre, je ne sus plus que dire. Nous nous regardions dans les yeux, la tête pleine de cris et les lèvres muettes. J'avais l'impression d'être sur le quai d'une gare, au moment de la séparation, lorsque le cœur déborde et que le silence dure inexorablement. Soudain, j'entendis un bruit de pas et de voix dans le vestibule. Georges d'Anthès reconduisait son visiteur. Aussitôt après, il me fit appeler et me reçut, assis de toute sa masse derrière sa table de travail. Chez lui, les préludes étaient toujours d'une brièveté militaire. Droit au but ! Ayant pris des nouvelles de ma santé avec sa jovialité coutumière, il se lança dans un grand discours politique au sujet du prince Léopold de Hohenzollern, dont on affirmait qu'il était disposé à accepter la couronne d'Espagne. Cette prétention indignait Leurs Majestés et, disait le baron, la majorité de la nation consciente de la vocation historique du pays. La France ne pouvait tolérer que la dynastie prussienne régnât sur deux de ses frontières, à l'est et au sud. Heureusement, selon les dernières informations, Bismarck mettrait de l'eau dans son vin et la candidature des Hohenzollern serait retirée. Ces considérations diplomatiques passaient au-dessus de ma tête. J'étais depuis longtemps étranger aux convulsions du monde. Quelle que fût la gravité de la situation internationale, je ne perdais pas de vue le motif de ma visite. Dès que Georges d'Anthès eut fini d'épiloguer sur le différend franco-prussien, je lui demandai s'il avait poursuivi, loin de moi, la rédaction de ses Mémoires.

— Non, dit-il. J'en ai abandonné l'idée. Les événements actuels sont trop importants pour que je m'adonne à ce genre de divertissement égoïste. Nous sommes assis sur un baril de poudre, monsieur Rybakoff, et Bismarck tient une mèche allumée dans sa main !

— Vous ne souhaitez donc pas que nous reprenions notre travail ? hasardai-je. Le début m'avait paru passionnant !

— La suite le serait moins.

— Pourtant, le récit de votre séjour en Russie ?...

— Quand on ne peut tout dire, il vaut mieux tout garder pour soi.

— Dommage !

— Ce n'est pas mon avis !

— Et l'examen de vos archives russes ?... Je n'ai pas fini de les inventorier...

— Cela aussi, laissons-le de côté !

J'étais consterné par ces refus successifs. Subitement, redressant le buste et appuyant sur moi un regard de plomb, il proféra :

— Cher monsieur Rybakoff, je n'ai plus besoin de vos services. En votre absence, j'ai engagé un jeune secrétaire qui me donne toute satisfaction.

Ces paroles me cinglèrent comme un soufflet. Il me semblait qu'en me préférant un autre secrétaire Georges d'Anthès me trahissait. Humilié, congédié tel un domestique, je marmonnai :

— Très bien... très bien... Je comprends...

Au même moment, on frappa à la petite porte du fond.

— Entrez ! cria Georges d'Anthès.

Sortant du réduit où je travaillais autrefois à éplucher des dossiers franco-russes, un jeune homme blondinet, rondouillard et court sur pattes s'avança vers nous, des papiers à la main.

— Je vous dérange, monsieur le baron, susurra-t-il avec une courbette obséquieuse.

— Nullement ! dit Georges d'Anthès.

— Je voulais vous soumettre cette note de service datant de 1832...

— Posez ça là... Je la verrai tout à l'heure... Je vous présente votre prédécesseur : Monsieur Alexandre Rybakoff, Monsieur Maurice Touret...

Je serrai la main molle et moite du nouveau venu. Il paraissait aussi embarrassé que moi. Mais moi seul étais à plaindre. C'était comme si mon ratage s'était matérialisé sous mes yeux. Ce Maurice Touret en était la preuve et le symbole. De quoi souffrais-je au juste ? D'être supplanté dans la confiance du baron ? Et pourtant j'avais tout misé sur sa mort ! Je ne savais plus ce qui me désolait davantage : de n'avoir pas eu le courage de le tuer ou d'être chassé de sa maison, de sa famille. A l'idée que je n'aurais plus aucune raison de me présenter désormais au numéro 27 de l'avenue Montaigne, j'éprouvais l'impression d'une spoliation brutale et, en quelque sorte, d'une injustice. Assommé par le coup que je venais de recevoir, je demeurai un moment sans réaction, le souffle coupé, les genoux faibles. Puis je pris cérémonieusement congé de mon hôte.

Dehors, je marchai en somnambule, ébloui par le soleil et me cognant aux passants. Les jours suivants, je m'interdis d'aller rôder autour du 27 avenue Montaigne, malgré l'envie qui me tenaillait à toute heure. Paris était comme électrisé par les nouvelles contradictoires des journaux. Un matin, on apprenait que l'ambassadeur d'Espagne avait officiellement informé le gouvernement français du désistement du prince de Hohenzollern. Et, aussitôt après, les mêmes gazettes dénonçaient le machiavélisme du roi de Prusse, lequel refusait de promettre que le prince Léopold ne ferait plus jamais état de ses aspirations au trône d'Espagne. Là-dessus, une dépêche, expédiée d'Ems par Guillaume Ier à Bismarck, était jugée offensante pour l'honneur français et la colère du peuple montait d'un cran. Etait-ce encore la paix ou un premier pas vers l'affrontement ? Toutes les chancelleries étaient en effervescence. Dans la rue, l'élan patriotique ressemblait à une maladie de fureur. Plus question de critiquer l'Empire ! Le cœur de la nation battait au palais des Tuileries. Des cortèges se formaient spontanément aux cris de : « A Berlin ! » Même les policiers en uniforme chantaient *La Marseillaise*.

Désœuvré, désorienté, je me traînai au bal Mabille, dans l'espoir d'y rencontrer Adèle. Elle y était, assise à une table, dans le jardin, entre deux sergents en uniformes à lourdes épaulettes et pantalons garance, qui riaient en la pelotant. Elle m'aperçut de loin et me fit signe qu'elle ne pouvait s'occuper de moi, étant déjà engagée. La piste était bondée de monde. Beaucoup de militaires. Tous, ivres et exaltés, mêlés aux souteneurs et aux filles publiques, dansaient sur l'air du *Chant du départ*, dont le rythme avait été modifié pour l'occasion. Bientôt, Adèle se joignit au mouvement giratoire de la multitude. A plusieurs reprises elle passa devant moi, entraînée par la musique assourdissante de l'orchestre. Le visage en sueur sous le fard et les yeux scintillant de joie, elle était une bacchante patriotique. De temps en temps, elle vociférait avec les autres : « Mort aux Prussiens ! » Je la trouvai hideuse, stupide et m'en attristai. Décidément, je n'étais pas chez moi dans ce lieu, dans ce pays. En quittant le bal Mabille, je me jurai de ne plus jamais y remettre les pieds.

Le lendemain, toute la ville se gargarisa de la déclaration du maréchal Lebœuf, ministre de la Guerre, qui, interpellé au Sénat sur les moyens de défense et d'attaque de l'armée française, avait déclaré fièrement que tout était prêt et qu'il ne manquait « pas un bouton de guêtre » aux uniformes. De l'avis unanime, on pouvait avoir confiance : il suffirait de souffler sur les régiments ennemis pour les mettre en fuite. Peu après, le 19 juillet, le duc de Gramont, ministre des Affaires étrangères, proclamait devant le Corps législatif qu'à dater de ce jour l'état de guerre existait entre la France et la Prusse.

Dès que la nouvelle fut connue, l'enthousiasme des Parisiens frisa le délire. Les maisons pavoisaient, des inconnus s'embrassaient dans les rues. Des femmes surexcitées glapissaient : « Vive la

France ! » Et toujours *La Marseillaise*, braillée à tous les carrefours. Je ne pus résister à la tentation de me rendre avenue Montaigne pour prendre le vent. La cohue était si dense sur les trottoirs et sur la chaussée que j'eus beaucoup de peine à me frayer un chemin. De nombreux équipages stationnaient devant l'entrée de l'hôtel particulier. La façade était décorée de drapeaux tricolores. Payant d'audace, je me fis annoncer.

Une foule murmurante emplissait le salon. Georges d'Anthès pérorait, superbe, au milieu de ses invités. En m'apercevant, il me tendit deux doigts et s'exclama :

— C'est un grand jour, monsieur Rybakoff ! Nos braves soldats vont laver dans le sang l'insulte infligée par Guillaume et Bismarck à notre patrie. Les enrôlements volontaires ont déjà commencé. Mon fils, Louis Joseph, bien que blessé lors de la campagne du Mexique, a décidé de reprendre du service. L'empereur assumera lui-même, dit-on, le commandement de l'armée. Quant à moi, je compte me rendre à Soultz et y rester, parmi mes chers administrés alsaciens, tant que la guerre fera rage. Dans ces heures graves, ma place est de toute évidence auprès des populations frontalières. Tant pis pour les séances du Sénat ! On se passera de moi au palais du Luxembourg ! Je n'ai jamais été aussi fier d'être Français !

Une salve d'applaudissements salua cette dernière phrase. Puis des messieurs importants parlèrent avec sévérité du pessimisme scandaleux de Thiers et approuvèrent la fermeté du président du Conseil, Emile Ollivier. Dans le brouhaha qui suivit, je me rapprochai d'Isabelle Cornuchet, réfugiée dans un coin, près du buffet. Sans doute n'avait-elle été admise dans le salon que pour surveiller le service. Elle paraissait terrorisée par l'agitation bruyante de la compagnie. Je lui soufflai à l'oreille :

— Ils ont l'air bien sûrs d'eux !

Elle secoua sa fine tête de porcelaine et chuchota :

— Tout ce sang qui va couler !...

Je songeai qu'elle seule avait raison dans cette assemblée belliqueuse. Il y avait une telle disproportion entre la menace d'un massacre collectif et l'idée du crime isolé que j'avais été près de commettre quelques mois auparavant que j'en fus rétrospectivement accablé. Pendant que se préparait, dans les ministères et les états-majors, le sacrifice de milliers d'hommes jeunes et valeureux, je rêvais, moi, d'abattre un vieillard solitaire pour une histoire d'une autre époque et d'un autre pays. Je m'étais réveillé à temps de mon cauchemar. Isabelle Cornuchet me demanda :

— Qu'allez-vous faire ?

— Je ne sais pas ! dis-je.

— Vous devriez retourner dans votre patrie.

— Je n'y serais pas plus heureux qu'ici !

— La France est en guerre... Nul ne sait ce qu'il adviendra de nous !...

— Vous ne croyez pas en la victoire, mademoiselle ?

— Si, si !... Evidemment !... Mais j'ai peur... Partez, monsieur... Partez vite...

Et elle ajouta, dans un soupir :

— Je vous regretterai...

Nos regards se croisèrent. Une étincelle de bonheur m'enflamma et s'éteignit aussitôt. Si elle avait eu dix ans de moins, si je n'avais pas été Russe, si Georges d'Anthès ne s'était pas trouvé sur ma route, peut-être l'aurais-je aimée ? Dans le salon illuminé et bruyant, elle ressemblait à une victime. Personne ne s'occupait d'elle. Personne même, à part moi, ne la voyait.

— Je reviendrai... Je reviendrai sûrement, balbutiai-je, la gorge serrée.

— C'est cela... Après la victoire ! dit-elle avec un sourire douloureux.

Je lui pris la main et l'effleurai d'un long baiser, bien qu'un tel hommage, en France, fût réservé, par les règles de la civilité, aux femmes mariées. Puis, pivotant sur mes talons, je sortis, sans même prendre congé de Georges d'Anthès.

Le lendemain matin, je me précipitai à l'ambassade de Russie, rue de Grenelle. Le consul général, Zakhar Donaouroff, était trop occupé par

« les événements » pour me recevoir. Mais un attaché à l'habit impeccable et au visage bouleversé voulut bien examiner mon cas. Il m'adjura de quitter la France dans les plus brefs délais.

— L'avenir est bien sombre, me dit-il. Les sujets russes n'ont rien à faire ici, en ce moment. D'ailleurs, la Russie n'approuve pas la déclaration de guerre à la Prusse... Je vous conseille de voyager par mer. Vous pourrez embarquer au Havre. Nombre de vos compatriotes ont déjà pris leurs dispositions... Laissez-moi vos papiers... Je m'occuperai de toutes les démarches...

En rentrant chez moi, je tirai amèrement la leçon de mon expédition hors de Russie à la rencontre du meurtrier de Pouchkine. Un échec sur toute la ligne, décidai-je. Et pourtant, j'avais l'impression de n'être pas venu en France pour rien.

X

La suite n'offre pas grand intérêt. Rentré en Russie, j'appris coup sur coup, avec consternation, la défaite de la France, la capture de Napoléon III, la proclamation de la République, le siège de Paris, les violences de la Commune, l'ordre enfin rétabli dans des flaques de sang... Qu'était devenu Georges d'Anthès dans la tourmente ? Et Daniel des Roches ? J'écrivis à ce dernier, aux bons soins de Mme Paturon, sans grand espoir de le joindre. Or, il me répondit : il avait été libéré de prison, s'était engagé dans l'infanterie, avait participé à la défense de Paris et fait le coup de feu sur les barricades. Le calme revenu, il travaillait de nouveau comme journaliste, mais au *Constitutionnel.* Il me donna aussi des informations sur le sort de Georges d'Anthès. Selon lui, le baron, profondément affecté par la chute de l'Empire, s'était définitivement éloigné des affaires publiques, menait une vie discrète et confortable parmi les siens, pesait encore très lourd dans l'univers de la finance et partageait son temps entre Paris et Soultz. Dans la lettre suivante, j'osai demander à mon correspondant des nouvelles de Mlle Isabelle Cornuchet. Il n'en avait aucune. Je ne fus pas étonné. Ni même affligé. Comme d'habitude, elle disparaissait dans le mouvement de son entourage. Elle n'était pas née pour retenir l'attention.

De jour en jour, la France s'éloignait de moi. A présent, ma santé était tout à fait rétablie. Ma mère, mes amis m'aidaient à reprendre pied dans la réalité russe. Grâce à eux, j'oubliais progressivement ma folie d'antan. Je ne me révoltais plus à l'idée que le meurtrier de Pouchkine fût encore de ce monde. D'ailleurs, il m'arrivait rarement de relire les poèmes de mon idole. Je laissais ce plaisir à d'autres ! Je n'en avais plus le temps ! Ayant accepté des fonctions importantes au ministère des Affaires étrangères, je m'appliquais à bien conduire ma carrière. Je gravissais un à un, avec souplesse, les échelons de la hiérarchie. Je suis aujourd'hui conseiller d'Etat. À la mort de ma mère, en 1877, ma peine a été si grande qu'aujourd'hui encore je n'en suis pas entièrement délivré. Seule consolation : j'ai hérité de son domaine de Voznessenskoïé, qui est d'un très bon rapport. Peu après, j'ai épousé, comme prévu par elle, ma cousine Valérie Smirnoff. C'est une personne douce et aimable. Notre salon, à Saint-Pétersbourg, est très couru. Elle y règne avec grâce, tact et intelligence. Vraiment, je n'ai rien à lui reprocher. Elle m'a donné deux fillettes, Véra et Olga, qui seront bien dotées et faciles à marier, et un fils, Paul, l'aîné de mes trois rejetons, âgé aujourd'hui de quinze ans, et pour lequel je nourris les plus hautes ambitions. Il perpétuera mon nom. C'est important, le nom ! Plus important qu'on ne le croit quand on est jeune.

J'écris ces lignes au cœur de l'hiver, dans mon bureau bien calfeutré et bien chauffé de Voznessenskoïé. Nous y sommes venus pour les fêtes de fin d'année. Dehors, tout est blanc, le sol et le ciel, avec, entre les deux, des squelettes d'arbres aux noires branches torturées. De mes fenêtres, je vois un traîneau qui glisse dans l'allée grise et boueuse conduisant au portail. Le son des clochettes décroît à mesure que l'attelage s'éloigne. Ma femme et mes deux filles se rendent en visite chez des voisins pour une fête costumée. Mon fils, Paul, les accompagne à cheval. Il a une bonne tenue en selle. Les enfants du gardien jouent aux boules de neige à l'orée du bois, près de l'étang gelé. Ils ont la consigne de le faire en silence pour ne pas me déranger dans mon travail. Tout est en ordre. Je devrais être heureux. Et cependant un malaise persiste au fond de ma poitrine. Comme un vieux rhumatisme qui se réveillerait inopinément. On ne guérit jamais entièrement de sa jeunesse.

Vingt-cinq ans se sont écoulés depuis mon aventure française. Je pourrais clore ici le récit que j'en ai fait, tant bien que mal, à mes heures de loisir, dans ce cahier. Mon fils Paul le lira un jour, à supposer qu'il ait la curiosité de me mieux connaître. Si j'y rajoute quelques mots, c'est qu'un événement inattendu vient de me rejeter brusquement en arrière. J'ai reçu, ce matin, une lettre de Daniel des Roches m'annonçant le décès, à quatre-vingt-trois ans, de Georges d'Anthès. Pouchkine, lui, en avait trente-sept quand il a été tué en duel. Le baron s'est éteint le 2 novembre 1895, à Soultz, entouré de ses enfants et de ses petits-enfants. Une mort idéale, en somme. Le contraire de celle que j'avais eu l'intention de lui infliger.

D'un bout à l'autre de la soirée, j'ai été poursuivi par les souvenirs. Je ne puis croire encore que j'étais prêt à tout par dévotion à un fantôme. Où avais-je la tête ? Quand je me compare, avec mes quarante-six ans, mon corps empâté, mon esprit sceptique, mes calculs bourgeois et mes satisfactions familiales, à l'écervelé qui se rendait au 27 de l'avenue Montaigne, un revolver dans la poche, j'éprouve la sensation d'un tragique dédoublement de la personnalité. Sans le vouloir, sans le savoir, l'âge venant, j'ai rejoint le camp de l'homme que je désirais abattre. J'ai été, comme lui, un être de fraîcheur et de fougue, porté à tous les excès du cœur, et, comme lui, peu à peu, au gré des circonstances, j'ai connu les honneurs officiels, le bonheur casanier et l'argent. Au point de réussite où je suis arrivé, mon souhait le plus cher, c'est de fermer les yeux, comme lui, mais le plus tard possible, dans la paix du Seigneur et l'estime de la société. Faudrait-il en conclure que chaque individu qui finit ses jours au milieu d'une relative aisance est un Georges d'Anthès qui s'ignore ? Méritons-nous tous, dans notre âge mûr, qu'un adolescent se présente à notre porte, le regard insolent et une arme au poing, pour nous reprocher d'avoir trahi notre jeunesse ? Réflexion faite, j'ai adressé à Louis Joseph, fils de Georges d'Anthès, trois lignes de banales condoléances.

Du même auteur :

Romans isolés

FAUX JOUR (Plon) – Prix populiste 1935
LE VIVIER (Plon)
GRANDEUR NATURE (Plon)
L'ARAIGNE (Plon) – Prix Goncourt 1938
LE MORT SAISIT LE VIF (Plon)
LE SIGNE DU TAUREAU (Plon)
LA TÊTE SUR LES ÉPAULES (Plon)
UNE EXTRÊME AMITIÉ (La Table Ronde)
LA NEIGE EN DEUIL (Flammarion)
LA PIERRE, LA FEUILLE ET LES CISEAUX (Flammarion)
ANNE PRÉDAILLE (Flammarion)
GRIMBOSQ (Flammarion)
LE FRONT DANS LES NUAGES (Flammarion)
LE PRISONNIER N° 1 (Flammarion)
LE PAIN DE L'ÉTRANGER (Flammarion)
LA DÉRISION (Flammarion)
MARIE KARPOVNA (Flammarion)
LE BRUIT SOLITAIRE DU CŒUR (Flammarion)

TOUTE MA VIE SERA MENSONGE (Flammarion)
LA GOUVERNANTE FRANÇAISE (Flammarion)
LA FEMME DE DAVID (Flammarion)
ALIOCHA (Flammarion)
YOURI (Flammarion)
LE CHANT DES INSENSÉS (Flammarion)
LE MARCHAND DE MASQUES (Flammarion)
LE DÉFI D'OLGA (Flammarion)
VOTRE TRÈS HUMBLE ET TRÈS OBÉISSANT SERVITEUR (Flammarion)
L'AFFAIRE CRÉMONNIÈRE (Flammarion)
LE FILS DU SATRAPE (Grasset)
NAMOUNA OU LA CHALEUR ANIMALE (Grasset)
LA BALLERINE DE SAINT-PÉTERSBOURG (Plon)
LA FILLE DE L'ÉCRIVAIN (Grasset)
L'ÉTAGE DES BOUFFONS (Grasset)

Cycles romanesques

LES SEMAILLES ET LES MOISSONS (Plon)
I – LES SEMAILLES ET LES MOISSONS
II – AMÉLIE
III – LA GRIVE
IV – TENDRE ET VIOLENTE ÉLISABETH
V – LA RENCONTRE

LES EYGLETIÈRE (Flammarion)
I – LES EYGLETIÈRE
II – LA FAIM DES LIONCEAUX
III – LA MALANDRE

LA LUMIÈRE DES JUSTES (Flammarion)
I – LES COMPAGNONS DU COQUELICOT
II – LA BARYNIA
III – LA GLOIRE DES VAINCUS
IV – LES DAMES DE SIBÉRIE
V – SOPHIE OU LA FIN DES COMBATS

LES HÉRITIERS DE L'AVENIR (Flammarion)
I – LE CAHIER
II – CENT UN COUPS DE CANON
III – L'ÉLÉPHANT BLANC

TANT QUE LA TERRE DURERA... (La Table Ronde)
I – TANT QUE LA TERRE DURERA...
II – LE SAC ET LA CENDRE
III – ÉTRANGERS SUR LA TERRE

LE MOSCOVITE (Flammarion)
I – LE MOSCOVITE
II – LES DÉSORDRES SECRETS
III – LES FEUX DU MATIN

VIOU (Flammarion)
I – VIOU
II – À DEMAIN, SYLVIE
III – LE TROISIÈME BONHEUR

Nouvelles

LA CLEF DE VOÛTE (Plon)
LA FOSSE COMMUNE (Plon)
LE JUGEMENT DE DIEU (Plon)
DU PHILANTHROPE À LA ROUQUINE (Flammarion)

LE GESTE D'ÈVE (Flammarion)
LES AILES DU DIABLE (Flammarion)
L'ÉTERNEL CONTRETEMPS (Albin Michel)

Biographies

DOSTOÏEVSKI (Fayard)
POUCHKINE (Perrin)
L'ÉTRANGE DESTIN DE LERMONTOV (Perrin)
TOLSTOÏ (Fayard)
GOGOL (Flammarion)
CATHERINE LA GRANDE (Flammarion)
PIERRE LE GRAND (Flammarion)
ALEXANDRE Ier (Flammarion)
IVAN LE TERRIBLE (Flammarion)
TCHEKHOV (Flammarion)
TOURGUENIEV (Flammarion)
GORKI (Flammarion)
FLAUBERT (Flammarion)
MAUPASSANT (Flammarion)
ALEXANDRE II (Flammarion)
NICOLAS II (Flammarion)
ZOLA (Flammarion)
VERLAINE (Flammarion)
BAUDELAIRE (Flammarion)
BALZAC (Flammarion)
RASPOUTINE (Flammarion)
JULIETTE DROUET (Flammarion)
TERRIBLES TSARINES (Grasset)
LES TURBULENCES D'UNE GRANDE FAMILLE (Grasset)

NICOLAS Ier (Perrin)
MARINA TSVETAEVA, L'ÉTERNELLE INSURGÉE (Grasset)
PAUL Ier, LE TSAR MAL AIMÉ (Grasset)
LA BARONNE ET LE MUSICIEN, MADAME VON MECK ET TCHAÏKOVSKI (Grasset)
ALEXANDRE III, LE TSAR DES NEIGES (Grasset)
LA FIANCÉE DE L'OGRE (Grasset)
ALEXANDRE DUMAS (Grasset)

Essais, voyages, divers

LA CASE DE L'ONCLE SAM (La Table Ronde)
DE GRATTE-CIEL EN COCOTIER (Plon)
SAINTE RUSSIE, *Réflexions et souvenirs* (Grasset)
LES PONTS DE PARIS, *illustré d'aquarelles* (Flammarion)
NAISSANCE D'UNE DAUPHINE (Gallimard)
LA VIE QUOTIDIENNE EN RUSSIE AU TEMPS DU DERNIER TSAR (Hachette)
UN SI LONG CHEMIN (Stock)

Théâtre

LES VIVANTS (André Bonne)

Composition réalisée par PCA

Achevé d'imprimer en février 2008 par
LIBERDUPLEX
Sant Llorenç d'Hortons (08791)
Dépôt légal 1re publication : mars 2008
Librairie Générale Française – 31, rue de Fleurus – 75278 Paris Cedex 06

31/1973/2